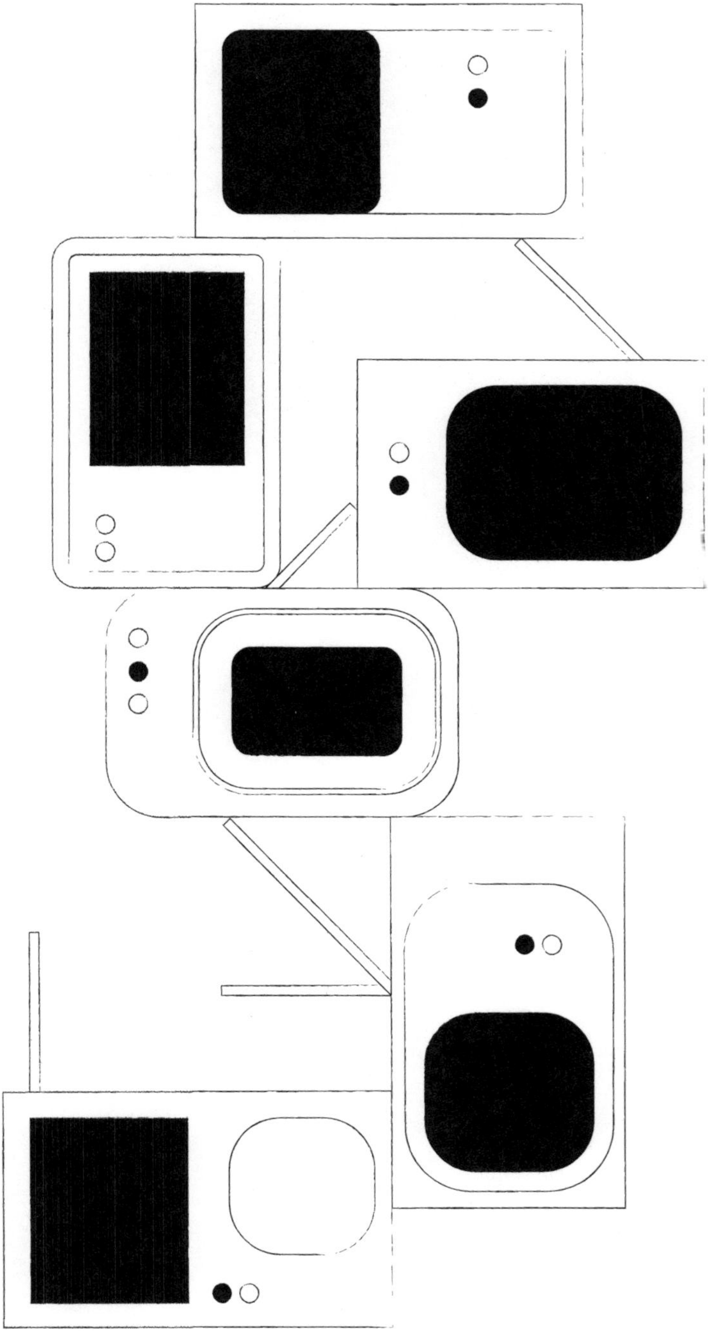

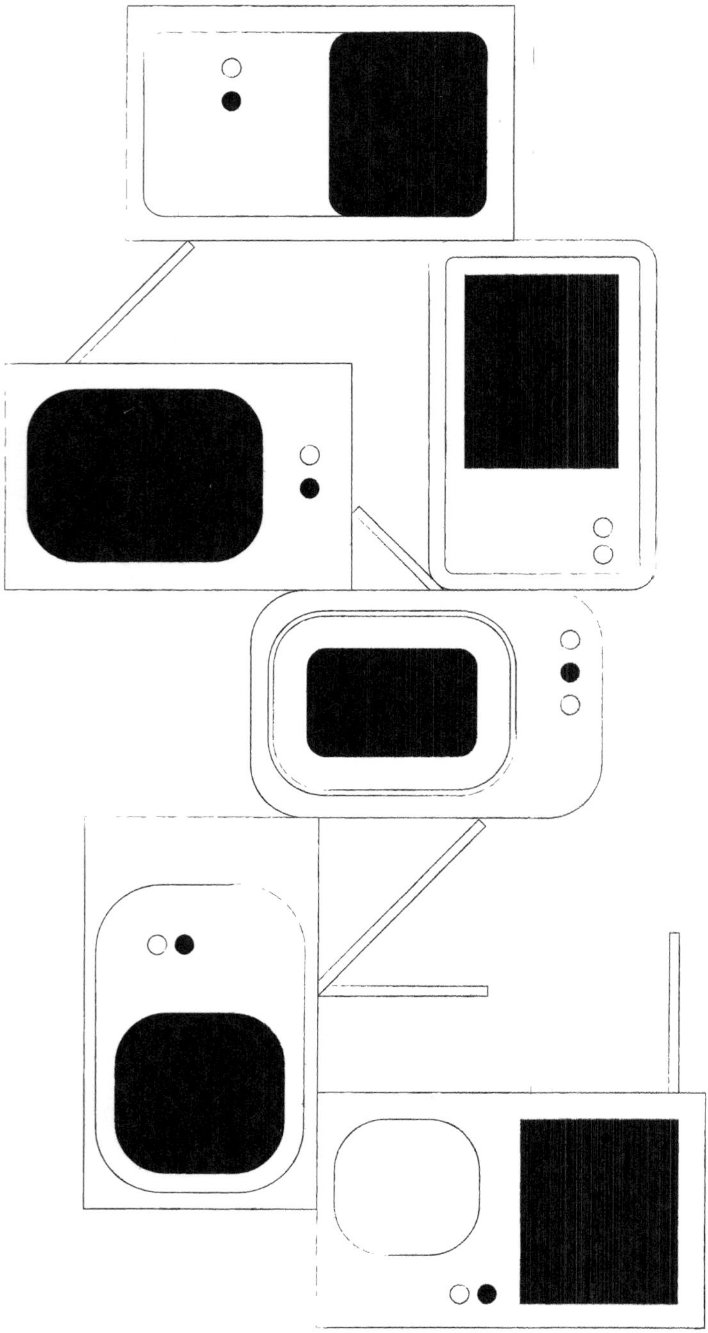

Bienvenue Mister Chance

Jerzy Kosinski

Titre original : *Being There.*

Isbn : 978-2-490501-50-2.

Couverture et pages illustrées : Nicolas Aubert.

Les éditions du typhon
83 rue Jean de Bernardy, 13001 Marseille
www.leseditionsdutyphon.com

Bienvenue Mister Chance

roman

Collection *Après la tempête*

Jerzy Kosinski

Traduction de l'anglais (États-Unis)
de Sarah Londin

I

C'était dimanche. Chance se trouvait dans le jardin. Il se déplaçait lentement, traînant le tuyau d'arrosage vert d'une allée à l'autre, surveillant le débit de l'eau. Avec douceur il laissait le flot imprégner chaque tige, chaque fleur, chaque branche. Les plantes sont comme les humains ; elles ont besoin qu'on prenne soin d'elles pour vivre, pour surmonter leurs maladies, et pour s'éteindre paisiblement.

Toutefois, les plantes et les gens diffèrent. Aucune plante n'est capable de s'analyser, de se connaître soi-même ; dans aucun miroir elle ne pourra reconnaître son visage ; et elle demeure dénuée de volonté. Elle ne fait que pousser. Et sa croissance ne la mène nulle part tant aucune raison ou pensée ne la guide.

On se sentait bien et en sécurité dans ce jardin séparé de la rue par un haut mur de briques rouges recouvert de lierre et même le bruit de la circulation n'en troublait en rien la sérénité. Chance ignorait la rue. Comme il n'avait jamais mis les pieds hors de la maison et de son jardin, il n'éprouvait pas vraiment d'intérêt pour ce qui se passait de l'autre côté du mur.

La façade de la maison où habitait le Vieil Homme, aurait bien pu faire partie du mur ou de la rue. Chance aurait été bien incapable de dire si quelqu'un y vivait. La bonne logeait derrière le rez-de-chaussée donnant sur le jardin. Chance, lui, occupait l'autre côté du vestibule où il avait sa chambre, sa salle de bain et son couloir menant au jardin.

Ce qui lui était particulièrement agréable était de se balader dans le jardin, dans ses sentiers étroits, ses arbres ou entre ses buissons et de s'y perdre, sans savoir s'il revenait sur ses pas ou progressait, s'il avançait ou reculait. L'important était de se mouvoir à son propre rythme, comme pousse une plante.

De temps à autre, Chance coupait l'eau, s'asseyait dans l'herbe et pensait. Le vent, peu importait sa direction, agitait par intermittence les buissons et les arbres. Les saletés de la ville se déposaient comme un voile, obscurcissant les fleurs qui, patiemment, attendaient d'être lavées par la pluie avant d'être séchées par le soleil. Et malgré tout ce que le jardin renfermait de vie, surtout au plus fort de sa floraison, il finissait par devenir son propre cimetière. Sous chaque arbre, sous chaque buisson, gisaient des troncs pourris, des racines désagrégées et en décomposition. Au point qu'il était bien difficile de savoir qui l'emportait sur l'autre : la surface florissante ou le cimetière dont la nature tirait sa force mais dans lequel immanquablement elle finissait. Certaines haies, contre le mur, poussaient au mépris des autres plantes ; elles croissaient plus vite, écrasant les fleurs plus petites et dévastant le territoire des buissons plus frêles.

Chance rentra et alluma la télé. L'écran créa sa propre lumière, sa propre couleur, son propre temps. Il ne respectait pas les lois de la pesanteur qui entraînent les plantes vers le sol pour toujours. Tout à la télé s'enchevêtrait, se confondait, se mêlait : la nuit et le jour, le grand et le petit, le dur et le tendre, le doux et le rugueux, le chaud et le froid, le lointain et le proche. Dans ce monde bigarré de la télévision, son savoir de jardinier était sa canne blanche d'aveugle.

Quand il changeait de chaîne, c'était comme s'il se changeait lui-même. Il pouvait passer par de nouvelles phases, comme les plantes du jardin en connaissaient, mais en plus rapide : il lui suffisait de presser le bouton. Plus il le pressait, plus se répandait un flux où il se mêlait aux figures de l'écran. Du bout du pouce, il amenait les autres devant lui, sous ses paupières. Et il en venait à croire que c'était lui, et personne d'autre, qui les faisait exister.

La silhouette sur l'écran de télé semblait être le reflet de sa propre image, comme dans un miroir. Même si Chance ne savait ni lire ni écrire, il ressemblait davantage à l'homme de la télé qu'il ne s'en distinguait. Leurs voix, par exemple, étaient semblables.

Il s'immergeait dans l'écran. Tout comme le soleil, l'air frais, la pluie fine, le monde extérieur au jardin entrait en Chance, et Chance, comme une image de télé, flottait à travers le monde, soulevé par une force qu'il ne pouvait voir et qu'il n'aurait su nommer.

Soudain il entendit le grincement d'une fenêtre qu'on ouvrait à l'étage et la voix de la bonne grassouillette qui l'appelait. À regret, il se leva, éteignit délicatement la télé et sortit. La bonne grassouillette était penchée à la fenêtre du dernier étage, agitant ses bras. Il ne l'appréciait pas. Elle était arrivée peu après le départ de Louise la Noire en Jamaïque, parce qu'elle était tombée gravement malade. Elle était grassouillette, venait d'un pays étranger et parlait avec un accent bizarre. Elle admettait qu'elle ne comprenait pas ce qu'on disait à la télé qu'elle regardait dans sa chambre. À vrai dire, Chance ne prêtait attention à son débit rapide que lorsqu'elle lui apportait sa nourriture et lui racontait ce que le Vieil Homme avait mangé et ce qu'elle pensait lui avoir dit. Là, elle voulait qu'il monte rapidement.

Chance commença à gravir les trois étages. Il ne faisait pas confiance à l'ascenseur depuis le jour où Louise s'en était retrouvée prisonnière pendant des heures. Il suivit le long couloir jusqu'à atteindre le devant de la maison.

La dernière fois qu'il avait vu cette partie-là, certains des arbres du jardin, aujourd'hui hauts et majestueux, étaient relativement petits et insignifiants. Il n'y avait pas encore de télé. En découvrant son reflet dans le grand miroir du vestibule, Chance aperçut l'image du petit garçon qu'il avait été, puis celle du Vieil Homme assis dans un fauteuil énorme. Ses cheveux étaient gris, ses mains ridées et parcheminées. Le Vieil Homme respirait difficilement et quand il parlait, il devait souvent s'interrompre.

Chance traversa les pièces qui paraissaient vides ; les fenêtres, masquées par d'épais rideaux, laissaient à peine filtrer la lumière du jour. Posément, il contempla les meubles massifs, recouverts de vieilles housses et les miroirs voilés. Les mots prononcés par le Vieil Homme la première fois qu'il l'avait vu s'étaient implantés dans sa mémoire comme des racines indestructibles. Chance était orphelin et c'était le Vieil Homme qui lui avait donné asile dans sa maison depuis sa tendre enfance. La mère de Chance était morte en lui donnant le jour. Personne, pas même le Vieil Homme, n'avait voulu lui dire qui était son père. Alors que certains peuvent apprendre à lire et à écrire, Chance n'y était jamais parvenu. Pas plus qu'il n'avait été capable de comprendre grand-chose à ce que les autres lui disaient ou disaient devant lui. Alors il fut demandé à Chance de travailler dans le jardin où il devrait prendre soin des plantes, des herbes et des arbres qui y poussaient paisiblement. Il deviendrait comme eux : tranquilles, épanouis aux rayons du soleil, alourdis par la pluie. Et comme il était né par hasard[1], il fut appelé Chance. Il n'avait pas de famille. Bien que sa mère eût été très jolie, son esprit était aussi dérangé que celui de son fils ; la partie de son cerveau d'où jaillissaient ses pensées avait été endommagée à jamais. C'est pourquoi, en dehors de la maison et du portail du jardin, il ne pourrait espérer trouver une place dans la vie parmi les autres. Chance avait été contraint de réduire sa vie à ses appartements et au jardin ; il ne devait pas pénétrer dans les autres parties de la maison ou s'aventurer dans la rue. De la nourriture lui serait toujours apportée dans sa chambre par Louise, qui serait la seule à voir Chance et à lui parler. En dehors d'elle, nul autre ne serait autorisé à entrer dans la chambre de Chance ; seul le Vieil Homme en

1. *Chance* signifie hasard en anglais.

personne viendrait parfois se promener et s'asseoir dans le jardin. Chance ferait exactement ce qu'on lui dirait, sinon, on l'enverrait dans une maison spéciale pour fous où, disait le Vieil Homme, il serait enfermé dans une cellule et oublié.

Chance avait fait ce qu'on lui avait dit de faire. Et Louise la Noire aussi.

Au moment, où Chance posait la main sur la poignée de la lourde porte, il entendit la voix stridente de la nouvelle bonne. Il entra et se retrouva dans une pièce deux fois plus haute que toutes les autres. Des bibliothèques garnies de livres couraient le long des murs. Sur la grande table, des dossiers en cuir étaient éparpillés.

La bonne s'époumonait dans le téléphone. Elle se retourna et, à sa vue, désigna le lit. Chance s'approcha. Le Vieil Homme, soutenu par une pile rigide d'oreillers, semblait figé comme s'il cherchait à entendre le murmure ténu d'une gouttière. Ses épaules affaissées formaient des angles brisés tandis que sa tête pendait d'un côté, comme un fruit lourd au bout d'une branche. Le regard de Chance examina avec attention le visage du Vieil Homme. Il était livide ; la mâchoire supérieure pendait sur la lèvre inférieure, et seul un œil restait ouvert, tel celui d'un oiseau mort comme parfois il y en avait dans le jardin. La bonne reposa le combiné, disant qu'elle venait d'appeler le docteur et qu'il allait venir immédiatement.

Chance fixa une derrière fois le Vieil Homme, marmonna un adieu et sortit. Il retourna dans sa chambre et y alluma la télé.

II

Plus tard ce jour-là, alors qu'il regardait la télé, Chance entendit des bruits provenant des étages supérieurs de la maison. Il sortit de sa chambre et, caché derrière la vaste sculpture du hall d'entrée, observa des hommes en train d'emporter le corps du Vieil Homme. Maintenant que le Vieil Homme n'était plus là, quelqu'un devrait décider de ce qu'il adviendrait de la maison, de la nouvelle bonne, et de lui-même. À la télé, dès que quelqu'un mourrait, toutes sortes de changements survenaient – des changements dus à la famille, aux banquiers, aux avocats et aux hommes d'affaires.

Mais la journée s'acheva sans que personne vienne. Chance mangea un dîner frugal, regarda une émission avant d'aller se coucher.

Comme à l'accoutumée, il se leva de bonne heure, prit le petit-déjeuner déposé par la bonne devant sa porte, et s'en alla au jardin.

Il examina la terre sous les plantes, vérifia les fleurs, enleva des feuilles mortes et tailla les buissons. Tout était en ordre.

Il avait plu durant la nuit et de nombreux nouveaux bourgeons avaient surgi. Il finit par s'asseoir et somnoler au soleil.

Tant qu'on ne regardait pas les gens, ils n'existaient pas. Ils prenaient vie quand on posait les yeux sur eux, comme sur l'écran. Alors seulement ils s'inscrivaient dans l'esprit avant qu'ils ne soient effacés par de nouvelles images. La même chose était aussi vraie pour lui. En le regardant, d'autres pouvaient le rendre plus net, l'ouvrir et le déplier ; ne pas être vu signifiait devenir flou, s'estomper progressivement. Peut-être perdait-il beaucoup en se contentant de regarder les autres à la télé sans être observé par eux. Il était heureux que maintenant, après la mort du Vieil Homme, il allait être vu par des gens qui ne l'avaient encore jamais vu.

Lorsqu'il entendit le téléphone sonner dans sa chambre, il se précipita à l'intérieur. Une voix d'homme lui demanda de venir dans la bibliothèque.

Chance changea rapidement ses vêtements de travail contre l'un de ses plus beaux complets, il se coupa quelques cheveux et se coiffa avec soin, puis il mit les grandes lunettes de soleil qu'il portait quand il jardinait et monta à l'étage. Dans l'étroite pièce mal éclairée, tapissée de livres, un homme et une femme le dévisagèrent. Tous deux étaient assis derrière le grand bureau sur lequel toutes sortes de papiers étaient dispersés. Ne sachant que faire, Chance s'arrêta au milieu de la pièce. L'homme se leva et s'avança de quelques pas dans sa direction, la main tendue.

« Je suis Thomas Franklin, du cabinet Hancock, Adams et Colby. Nous sommes les avocats chargés de régler la succession. Et voici ma collaboratrice, Miss Hayes », dit-il en se tournant vers la femme.

Chance serra la main de l'homme et regarda la femme. Elle sourit.

« La bonne m'a dit qu'un homme vivait dans cette maison et travaillait comme jardinier. » Franklin inclina la tête en direction de Chance. « Mais, nous ne possédons aucun document attestant qu'un homme – aucun homme – ait été employé par le défunt ou ait résidé dans cette maison, à un moment quelconque, pendant les quarante dernières années. Pouvez-vous me dire depuis combien de jours vous êtes ici ? »

Chance fut étonné que, parmi tant de papiers étalés sur le bureau, son nom ne soit mentionné nulle part. Après tout, le jardin ne figurait peut-être pas non plus sur ces documents. Il hésita.

« J'ai vécu dans cette maison aussi loin que je puisse me rappeler, depuis que je suis tout petit, bien avant que le Vieil Homme ne se soit cassé la hanche et reste au lit la plupart du temps. J'y étais avant qu'il y ait de grands buissons, et avant les arroseurs automatiques dans le jardin. Avant la télévision.

— Que dites-vous ? demanda Franklin. Vous habitez ici, dans cette maison, depuis votre enfance ? Puis-je vous demander votre nom ? »

Chance se sentit mal à l'aise. Il savait que le nom d'un homme a un rapport étroit avec sa vie. C'était pourquoi à la télé, les gens avaient toujours deux noms : leur vrai et celui de présentateur.

« Je m'appelle Chance, dit-il.

— Mister Chance ? » demanda l'avocat.

Chance hocha la tête.

« Nous allons consulter nos dossiers », déclara Mr Franklin. Il s'empara de quelques-uns des papiers empilés devant lui. « J'ai ici la liste complète de tous ceux qui, à un moment, ont été employés par le défunt dans sa propriété. Bien qu'on aurait dû trouver un testament, impossible de mettre la main dessus. Et, il n'a d'ailleurs laissé que très peu de papiers personnels. Mais nous possédons bien une liste de tous ses employés », insista-t-il en abaissant les yeux sur la feuille qu'il tenait à la main.

Chance attendit.

« Asseyez-vous, je vous prie, Mr Chance », dit la femme.

Chance approcha une chaise du bureau et s'exécuta.

Mr Franklin appuya sa tête dans sa main.

« Quelque chose m'intrigue, Mr Chance, s'étonna-t-il sans lever les yeux du papier qu'il étudiait, mais votre nom ne figure dans aucun de nos dossiers. Personne du nom de "Chance" n'a jamais été en rapport avec le défunt. Êtes-vous certain, Mr Chance, – vraiment certain – d'avoir été véritablement employé dans cette maison ? »

C'est avec assurance que Chance répondit :

« J'ai toujours été jardinier ici. Toute ma vie, j'ai travaillé dans le jardin, derrière la maison. Aussi loin que je me souvienne. J'étais un petit garçon quand j'ai commencé. Les arbres étaient tout petits et il n'y avait quasiment pas de haies. Regardez le jardin maintenant… »

Mr Franklin l'interrompit vivement.

« Mais, rien n'indique qu'un jardinier ait vécu et travaillé dans cette maison. Nous, c'est-à-dire, Miss Hayes et moi-même, avons été chargés par notre étude d'administrer la propriété du défunt. Nous sommes en possession de tous les inventaires. Je puis vous assurer qu'il n'existe aucune mention relative à votre emploi ici. Il en ressort qu'au cours des quarante dernières années, aucun homme n'a été employé dans cette maison. Êtes-vous jardinier de profession ?

— Je suis jardinier, répondit Chance. Personne ne connaît le jardin mieux que moi. Depuis le temps où j'étais enfant, je suis le seul qui y ait jamais travaillé. Avant moi, il y avait quelqu'un d'autre, un homme Noir, très grand ; il est resté juste assez longtemps pour me dire ce que je devais faire et me montrer comment m'y prendre. À partir de ce moment, j'ai été seul. C'est moi qui ai planté quelques-uns des arbres, ajouta-t-il, le corps tout entier tendu en direction du jardin. Et les fleurs, et j'ai nettoyé les allées et arrosé les plantes. Le Vieil Homme en personne venait souvent s'asseoir dans le jardin. Il y lisait, se reposait. Et puis, il n'est plus venu. »

Mr Franklin alla de la fenêtre au bureau.

« J'aimerais vous croire, Mr Chance, annonca-t-il. Mais, voyez-vous, si ce que vous dites est vrai, alors, pour une raison difficile à comprendre, votre présence dans cette maison, votre emploi n'ont été inscrits dans aucun des documents en notre possession. Reconnaissons tout de même, murmura-t-il à l'adresse de son assistante, que fort peu de gens ont été employés ici. Le défunt a quitté notre cabinet il y a plus de vingt-cinq ans. Il a pris sa retraite à soixante-douze ans, il y a plus de vingt-cinq ans, quand la fracture de sa hanche l'a réduit à l'immobilité. Pourtant, continua-t-il, en dépit de son grand âge, le défunt a toujours contrôlé ses affaires et tous ceux qu'il employait ont été dûment portés sur les registres de notre étude : leurs rémunérations, leurs numéros d'assurance, etc. Après le départ de Miss Louise, nos archives font mention de l'engagement d'une bonne "importée", et c'est tout.

— Je connais la vieille Louise. Elle pourra vous dire que j'ai vécu et travaillé ici. Elle était là, aussi loin que je me souvienne, depuis que je suis tout petit. Chaque jour, elle m'apportait à manger dans ma chambre et, parfois, elle venait s'asseoir avec moi dans le jardin.

— Louise est morte, Mr Chance, coupa Franklin.

— Elle est retournée à la Jamaïque, dit Chance.

— Oui, mais elle est tombée malade et elle est morte récemment, expliqua Miss Hayes.

— Je ne savais pas qu'elle était morte, avoua Chance, doucement.

— Or, insista Mr Franklin, tous ceux qui ont été employés par le défunt ont toujours été régulièrement payés. Notre cabinet se chargeait de ces questions. Voilà pourquoi nous disposons de dossiers très complets sur toutes les affaires de la propriété.

— Je ne connaissais pas les autres personnes qui étaient employées dans la maison. Je restais toujours dans ma chambre et travaillais dans le jardin.

— Je ne demande qu'à vous croire. Cependant, en ce qui concerne votre activité passée dans cette maison, il n'existe aucune trace de sa présence. La nouvelle bonne ignore depuis combien de temps vous êtes ici. Notre étude détient tous les actes légaux, relevés bancaires, reçus de primes d'assurances pour les cinquante dernières années. »

Il sourit.

« À l'époque où le défunt comptait parmi les associés de notre cabinet, certains d'entre nous n'étaient même pas nés ou alors ils étaient très, très jeunes. »

Miss Hayes rit. Chance ne comprit pas pourquoi elle riait.

Mr Franklin se replongea dans ses documents.

« Durant le temps où vous avez été employé et avez séjourné ici, Mr Chance, avez-vous le souvenir d'avoir signé des papiers ?

— Non, Monsieur.

— Alors, comment étiez-vous payé ?

— On ne m'a jamais donné d'argent. On me donnait mes repas, de très bons repas, et autant à manger que je le désirais ; j'ai ma chambre avec une salle de bains et une fenêtre qui donne sur le jardin ; on a aménagé une nouvelle porte conduisant au jardin. On m'a donné un poste de radio, puis une télévision, un grand téléviseur couleur, avec commande à distance ; il a aussi une sonnerie pour me réveiller le matin.

— Je connais le modèle auquel vous faites allusion, dit Mr Franklin.

— Je peux monter au grenier et choisir n'importe quel costume du Vieil Homme. Ils me vont tous très bien. Regardez. »

Chance désigna son complet.

« Je peux aussi prendre ses pardessus et ses chaussures, bien qu'elles me soient tout de même un peu justes, et ses chemises, bien que les cols soient trop serrés, et ses cravates, et...

— Je comprends, dit Mr Franklin.

— C'est incroyable comme vos vêtements sont à la mode », intervint soudain Miss Hayes.

Chance lui sourit.

« C'est étonnant de voir à quel point la mode masculine d'aujourd'hui est revenue au style des années vingt, ajouta-t-elle.

— Eh bien, eh bien! dit Mr Franklin affectant un ton badin. Voulez-vous insinuer que ma garde-robe est ringarde? »

Il se tourna vers Chance.

« Donc, votre emploi n'a jamais fait l'objet d'un quelconque contrat de travail?

— Je ne crois pas.

— Le défunt ne vous a jamais promis un salaire ou une autre forme de rémunération? insista Mr Franklin.

— Non. Personne ne m'a jamais rien promis. Je ne voyais pratiquement pas le Vieil Homme. Il n'est plus descendu dans le jardin depuis que les buissons du côté gauche ont été plantés, et ils arrivent à hauteur d'épaule maintenant. En fait, il n'y avait pas encore la télévision quand je les ai plantés; seulement la radio. Je me souviens que je l'écoutais en travaillant dans le jardin et Louise est descendue pour me dire de diminuer le son parce que le Vieil Homme dormait. Il était déjà très vieux et malade... »

Mr Franklin faillit bondir hors de son fauteuil.

« Mr Chance, je crois que les choses seraient plus simples si vous étiez en mesure de nous montrer une pièce d'identité indiquant votre adresse. Ce serait un début. Voyons... un carnet de chèques, un permis de conduire, une carte d'assurance maladie...

— Je n'ai rien de tout ça, dit Chance.

— N'importe quel papier qui établisse votre nom, votre adresse et votre âge. »

Chance garda le silence.

« Un extrait de naissance, peut-être, intervint Miss Hayes l'air désolé.

— Je n'ai aucun papier.

— Nous aurons besoin d'une preuve nous permettant d'établir que vous avez vécu ici, expliqua Mr Franklin d'un ton ferme.

— Mais vous m'avez, moi, répondit Chance. Je suis ici. Quelle preuve vous faut-il de plus ?

— Avez-vous jamais été malade ? Je veux dire... avez-vous dû aller à l'hôpital, ou voir un docteur ? Comprenez-moi bien, continua Mr Franklin presque sans voix. Tout ce que nous voulons c'est une preuve, quelle qu'elle soit, que vous avez été réellement employé dans cette maison et que vous y avez résidé.

— Je n'ai jamais été malade, annonça Chance. Jamais. »

Mr Franklin remarqua le regard d'admiration que Miss Hayes adressa au jardinier.

« Je sais, lâcha-t-il. Donnez-moi le nom de votre dentiste.

— Je ne suis jamais allé chez un dentiste ou chez un médecin. Je ne suis jamais sorti de cette maison et personne n'était autorisé à venir me voir. Louise sortait quelquefois, mais pas moi.

— Je vais être franc avec vous, dit Mr Franklin d'un ton las. Rien sur nos documents ne mentionne votre présence ici, ni sur les gages qui vous auraient été versés, ni sur les assurances maladies… »

Il s'interrompit.

« Avez-vous payé des impôts ?

— Non, répondit Chance.

— Avez-vous fait votre service militaire ?

— Non. Mais j'ai vu des troupes à la télé.

— Seriez-vous, par hasard, parent du défunt ?

— Non, je ne le suis pas.

— En admettant que ce que vous dites est vrai, avez-vous l'intention de faire valoir des droits sur la succession du défunt ? » demanda Franklin posément.

Chance ne comprit pas.

« Je vais très bien Monsieur, dit-il prudemment. Je me sens bien. Le jardin est un bon jardin. Les appareils d'arrosage n'ont que quelques années.

— Dites-moi, interrompit Miss Hayes qui se redressa en rejetant la tête en arrière. Quels sont vos projets maintenant ? Avez-vous l'intention de travailler pour quelqu'un d'autre ? »

Chance ajusta ses lunettes de soleil. Il ne savait que dire. Pourquoi devrait-il quitter le jardin ?

« J'aimerais rester ici et travailler au jardin », dit-il tout simplement.

Mr Franklin fouilla dans les papiers étalés sur le bureau et en extirpa une feuille couverte de petits caractères.

« Il s'agit d'une simple formalité, dit-il en tendant le papier à Chance. Voulez-vous être assez aimable pour lire ceci et, si vous êtes d'accord, signer à l'endroit indiqué ? »

Chance saisit la feuille. Il la tint à deux mains et la considéra. Il essayait d'évaluer le temps nécessaire à la lecture d'une page. À la télé, les gens prenaient plus ou moins de temps pour parcourir des documents légaux. Chance savait qu'il ne devait pas dévoiler qu'il ne savait ni lire ni écrire. Dans les émissions télévisées, on se moquait souvent de ceux qui ne savaient ni lire ni écrire et on les ridiculisait. Le front ridé, les sourcils froncés, tenant le menton entre le pouce et l'index, il faisait mine de se concentrer.

« Je ne peux pas signer ça, annonça-t-il en rendant la feuille à l'avocat. Je ne peux vraiment pas.

— Je vois, murmura Mr Franklin. En somme, vous refusez ainsi de renoncer aux droits que vous pourriez faire valoir.

— Je ne peux pas signer ça, répéta Chance. C'est tout.

— Comme vous voudrez, dit Mr Franklin en rassemblant ses papiers. Mr Chance, je dois vous informer que nous procéderons à la fermeture de cette maison demain à midi. Dès ce moment, les deux portes et le portail du jardin seront verrouillés. Si vous habitez ici, véritablement, il vous faudra quitter les lieux en emportant toutes vos affaires personnelles. »

Il glissa la main dans sa poche et en tira une petite carte de visite.

« Mon nom ainsi que l'adresse et le numéro de téléphone de notre cabinet sont sur cette carte. »

Chance prit la carte et la glissa dans la poche de sa veste. Il comprit qu'il lui fallait quitter maintenant la bibliothèque et gagner sa chambre. Il y avait un programme à la télé qu'il regardait toujours et qu'il ne voulait pas manquer. Il se leva, prit congé et sortit. Dans l'escalier, il jeta la carte.

III

Mardi matin de bonne heure, Chance alla chercher au grenier une valise en cuir, grande et lourde. En descendant l'escalier, il accorda un dernier regard aux portraits alignés le long des murs. Il fit ses bagages, quitta sa chambre et au moment même où il posait sa main sur le portail du jardin, il pensa subitement qu'il pourrait différer son départ et retourner au jardin où il lui serait facile de se cacher sans que personne ne le découvre. Il posa sa valise avant de retourner dans le jardin. Tout y était paisible. Les fleurs se dressaient, fines et droites. Le tourniquet électrique projetait un nuage informe de bruine sur les buissons. Chance toucha du bout des doigts les aiguilles de pin piquantes et les brindilles s'échappant de la haie. Elles semblaient venir à sa rencontre.

Il resta sous le soleil matinal du jardin un long moment, jetant autour de lui un regard endormi. Puis, il débrancha l'appareil d'arrosage et retourna dans sa chambre. Il alluma la télé, s'assit sur le lit et, avec la télécommande, se mit à zapper. Maisons de campagne, gratte-ciels, immeubles locatifs récents, églises, traversèrent l'écran avant d'en être chassés. Il éteignit le poste. L'image mourut ; seul, un petit point bleu demeura suspendu au centre de l'écran, comme oublié par le reste du monde auquel il appartenait, avant lui-même de disparaître. L'écran devint gris, comme une dalle de pierre.

Chance se leva et eut l'idée de chercher la vieille clef rouillée qui pendait à une tablette dans le couloir, à côté de sa chambre.

Il avança jusqu'au portail et introduisit la clef ; puis il ouvrit le battant, franchit le seuil et, abandonnant la clef dans la serrure, referma le portail derrière lui. Désormais, il ne pourrait plus jamais retourner dans le jardin.

Il était de l'autre côté. Le soleil l'éblouissait. Les trottoirs se chargeaient de passants, les toits des voitures en stationnement irradiaient sous la chaleur.

Il était surpris : la rue, les voitures, les immeubles, les gens, les bruits indistincts se confondaient avec les images déjà gravées dans sa mémoire. Un sentiment de déjà-vu le saisit. Jusque-là, tout de l'autre côté du portail ressemblait à ce qu'il avait vu à la télé ; peut-être les objets et les individus paraissaient-ils plus grands, cependant ils étaient plus lents, plus simples, plus lourds. Mais rien ne lui paraissait étranger.

Il se mit en marche. En arrivant à mi-chemin du pâté de maisons, il prit conscience du poids de sa valise et de la chaleur ; il marchait en plein soleil. Il repéra un étroit passage entre les véhicules rangés le long du caniveau. Alors qu'il se préparait à l'emprunter, il vit une voiture exécuter une rapide marche arrière dans sa direction. Il essaya de bondir afin d'éviter le pare-chocs arrière. Sa lourde valise l'en empêcha. Il sauta tout de même, mais trop tard. Il fut heurté puis coincé entre les phares de la voiture qui stationnait derrière lui. Chance parvint à lever un genou non sans difficulté. En revanche, il ne put en faire autant avec son autre jambe. Il ressentit une vive douleur et cria, tout en martelant de son poing le coffre du véhicule qui reculait. Brusquement la limousine s'arrêta; Chance, la jambe droite levée au-dessus du pare-chocs, la gauche toujours coincée, ne pouvait pas bouger. Il était trempé de sueur.

Le chauffeur bondit hors de la limousine. C'était un Noir, en uniforme, il tenait sa casquette à la main. Il commença à marmonner quelque chose, puis il s'aperçut que la jambe de Chance demeurait prisonnière. Apeuré, il se précipita dans la voiture et avança de quelques centimètres. Le mollet de Chance fut libéré. Il tenta de se remettre sur pied, mais il s'effondra sur le bord du trottoir. Au même instant, la portière arrière de la voiture s'ouvrit, livrant passage à une femme élancée. Celle-ci se pencha sur lui :

« J'espère que vous n'avez pas une blessure trop grave? »

Chance leva les yeux vers elle. Il avait vu beaucoup de femmes comme elle à la télé.

« Ce n'est que ma jambe, dit-il d'une voix tremblante. Je crois qu'elle a été un peu écrasée.

— Oh, mon Dieu, fit la femme d'une voix rauque. Pouvez-vous… pourriez-vous, je vous prie, pouvez-vous relever la jambe de votre pantalon afin que je puisse jeter un coup d'œil? »

Chance retroussa la jambe gauche de son pantalon. Le milieu du mollet était déjà enflé et présentait des marques bleues et rouges.

« J'espère qu'il n'y a rien de cassé, déclara la femme. Je ne puis vous dire à quel point je suis désolée. Mon chauffeur n'a encore jamais eu d'accident.

— Ça va, assura Chance. Je me sens un peu mieux maintenant.

— Mon mari est très malade. Son docteur et quelques infirmières habitent chez nous. Je crois que le mieux serait que je vous amène directement à la maison, à moins, bien sûr, que vous préfériez consulter votre propre médecin.

— Aucune idée, répondit Chance.

— Dans ce cas, verriez-vous un inconvénient à voir notre docteur ?

— Pas le moindre inconvénient.

— Allons-y, dit la femme. Et si le docteur nous le conseille, nous vous conduirons immédiatement à l'hôpital. »

Chance s'appuya sur le bras que la femme lui tendait. Elle s'assit à côté de lui dans la limousine. Le chauffeur chargea la valise de Chance et la voiture se mêla doucement au trafic matinal.

La femme se présenta.

« Je suis Madame Benjamin Rand. Mes amis m'appellent EE, ce sont les initiales de mes prénoms : Elizabeth, Eve.

— EE, prononça Chance d'un ton grave.

— EE », répéta la femme avec enjouement.

Chance se souvint qu'à la télé, dans des situations analogues, les hommes se présentaient.

« Je m'appelle Chance », bredouilla-t-il.

Et comme cela paraissait insuffisant, il ajouta :

« Le jardinier.

— Chauncey Jardin », répéta-t-elle.

Chance nota que la femme avait changé son nom. Il supposa que, de même qu'à la télé, il devrait dorénavant utiliser son nouveau nom.

« Mon mari et moi sommes de très vieux amis de Basil et Perdita Jardin, reprit la femme. Seriez-vous parent, par hasard, de Mr Jardin ?

— Non, répondit Chance.

— Aimeriez-vous boire une gorgée de whisky ou, peut-être, un petit cognac ? »

Chance était déconcerté. Le Vieil Homme ne buvait pas et il avait interdit l'alcool à ses domestiques. Néanmoins, de temps à autre, Louise buvait en cachette dans la cuisine et comme elle avait insisté, Chance avait, quelques rares fois, goûté à l'alcool.

« Merci. Peut-être un peu de cognac », répondit-il.

La douleur l'élança dans sa jambe.

« Vous souffrez », constata la femme.

D'un geste rapide elle ouvrit un petit bar aménagé devant eux et, saisissant une flasque d'argent, versa un liquide sombre dans un verre frappé d'un monogramme.

« Je vous en prie, buvez tout, dit-elle. Cela vous fera du bien. »

Chance trempa ses lèvres dans le liquide et se mit à tousser. La femme sourit.

« Voilà ce qui vous guérira ! Allez, nous serons bientôt à la maison où l'on prendra soin de vous. Encore un peu de patience. »

Chance but à petites gorgées. C'était fort. Il remarqua un petit écran de télé, habilement caché au-dessus du bar. Il fut tenté de l'allumer. Il prit encore quelques gorgées, tandis que la voiture se frayait un chemin lentement dans les embouteillages.

« Est-ce que la télé marche ? demanda Chance.

— Oui, bien sûr.

— Pourriez-vous… est-il possible de l'allumer, s'il vous plaît ?

— Certainement. Cela vous distraira de votre douleur. »

Elle se pencha et appuya sur un bouton ; les images envahirent l'écran.

« Y a-t-il une chaîne particulière, une émission quelconque que vous désiriez regarder ?

— Celle-ci est très bien. »

Le petit écran et le son qui en émanait les isolèrent du bruit de la rue. Soudain, une voiture leur coupa la route et le chauffeur freina vivement. La secousse brutale fut soudaine et Chance en se raidissant, sentit une douleur qui lui traversa la jambe. Tout se mit à tourner autour de lui ; puis sa tête se vida, tel un appareil de télé brusquement débranché.

***

C'est dans une chambre inondée de soleil qu'il se réveilla. Il était étendu sur un lit immense. EE était à ses côtés.

« Mr Jardin, disait-elle lentement. Vous vous êtes évanoui. Entre-temps, nous sommes arrivés à la maison. »

On frappa à la porte ; elle s'ouvrit et un homme apparut, vêtu d'une blouse blanche et portant des lunettes à large monture noire, tenant une grosse sacoche en cuir.

« Je suis votre docteur, dit-il. Et vous devez être Mr Jardin, écrasé avant d'être kidnappé par notre charmante hôtesse ! »

Chance acquiesça.

« Votre proie est de choix, quel bel homme ! plaisanta le médecin. Mais il faut que je l'examine et pour ça, il nous faut être seuls. »

Avant qu'EE ne quitte la pièce, le docteur l'informa que Mr Rand dormait et ne devait pas être dérangé avant la fin de l'après-midi.

La jambe de Chance était douloureuse ; un bleu violacé envahissait presque tout le mollet.

« J'ai bien peur de devoir vous faire une piqûre pour pouvoir examiner votre jambe. Sinon vous risquez de perdre connaissance quand je la toucherai », déclara le docteur.

Le docteur sortit une seringue de sa sacoche. Tandis qu'il la remplissait, Chance revoyait toutes les séquences télévisées au cours desquelles il avait vu procéder à des injections. Il craignait que la piqûre lui fasse mal, mais ne savait pas comment exprimer sa peur.

Le docteur devina ses craintes.

« Allons, allons, dit-il. Vous ne souffrez que d'un léger traumatisme. Bon il est toutefois possible, mais je ne le pense pas, que l'os ait été légèrement touché. »

La piqûre fut étonnement rapide et Chance n'en ressentit pas la moindre douleur.

Au bout de quelques minutes, le docteur annonça que l'os était indemne.

« Il ne vous reste plus qu'à vous reposer jusqu'à ce soir, dit-il. Ensuite si vous vous sentez suffisamment bien, vous pourrez descendre pour dîner. Évitez absolument de vous appuyer sur la jambe blessée. Je donnerai des instructions à l'infirmière pour vos piqûres ; elle vous fera une injection toutes les trois heures et vous aurez un cachet à prendre au moment des repas. Si vous souffrez encore, nous vous ferons passer une radio demain. Maintenant, reposez-vous bien. »

Il quitta la pièce.

Chance se sentait fatigué et s'apprêtait à s'endormir. Mais EE revint, il rouvrit les yeux.

Quand quelqu'un vous parle et vous regarde, il vous observe ou vous juge tandis que vous en faites de même. Mais l'autre ne peut pas plus en savoir sur vous que vous ne pouvez en apprendre sur lui. Donc, à la fin, il n'y a rien à craindre.

« Mrs Rand, murmura-t-il. J'ai failli m'endormir.

— Je suis désolée si je vous ai dérangé, dit-elle. Mais je viens de parler au docteur et il m'assure que vous avez uniquement besoin de repos. Maintenant, Mr Jardin… »

Elle s'assit sur un siège proche du lit.

« Je voudrais que vous sachiez combien je me sens coupable envers vous et responsable de cet accident. J'espère vraiment qu'il n'aura aucune conséquence.

— Je vous en prie, ne vous inquiétez pas, dit Chance. Je vous suis très reconnaissant de votre aide. Je ne... je n'aurais...

— C'était la moindre des choses. Dites-moi, y a-t-il quelqu'un que vous désiriez prévenir? Votre femme...? Votre famille...?

— Je n'ai ni femme ni famille.

— Vos collaborateurs, peut-être? Je vous en prie, n'ayez aucun scrupule à utiliser le téléphone ou à envoyer un télégramme. Avez-vous besoin des services d'une secrétaire? Mon mari est malade depuis si longtemps qu'en ce moment son personnel a très peu à faire.

— Non, merci. Je n'ai besoin de rien.

— Il doit bien exister quelqu'un que vous aimeriez joindre... J'espère que vous ne vous sentez pas gêné par...

— ... Il n'y a personne.

— Dans ce cas, Mr Jardin... et surtout ne pensez pas qu'il s'agit de simple politesse... si aucune occupation particulière ne réclame votre présence dans l'immédiat, j'aimerais que vous restiez avec nous jusqu'à ce que votre blessure soit complètement guérie. Il serait bien délicat de devoir se soigner seul dans votre état. Nous avons une grande maison et les meilleurs soins médicaux vous seront donnés. Vous ne pouvez refuser.»

Chance accepta l'invitation. EE le remercia et prit congé. Il entendit qu'elle demandait aux domestiques de défaire sa valise.

***

Chance s'éveilla au moment où un rayon de lumière, s'infiltrant entre les lourds rideaux, lui caressait le visage. L'après-midi tirait vers sa fin. La tête lui tournait ; sa jambe l'élançait, et son corps ne savait pas très bien où il se trouvait. Puis, il se remémora l'accident, la voiture, la femme et le docteur. À portée de main, à proximité du lit, il y avait un écran. Il l'alluma et contempla les images rassurantes. Alors qu'il songeait à se lever pour aller ouvrir les rideaux, le téléphone sonna. C'était EE. Elle s'enquit de sa jambe et lui demanda s'il était disposé à prendre le thé et quelques sandwichs, et si elle pouvait monter lui rendre visite maintenant. Il répondit oui.

Une femme de chambre entra, portant un plateau qu'elle posa sur le lit. Lentement, avec précaution, Chance mangea les plats succulents, en se souvenant de repas semblables vus à la télé.

Il se reposait, son dos appuyé contre les oreillers, regardant la télévision, quand EE entra dans sa chambre. Comme elle approchait un fauteuil du lit, il dut se résoudre à éteindre l'écran. Elle lui demanda des nouvelles de sa jambe. Il avoua qu'elle lui faisait encore mal. Elle téléphona au docteur en sa présence, l'assurant que le patient semblait se sentir mieux.

Elle raconta à Chance que Mr Rand était beaucoup plus âgé qu'elle ; il avait plus de soixante-dix ans. Jusqu'à sa maladie récente, il avait été un homme vigoureux et maintenant encore, en dépit de son âge et de sa maladie, il continuait à s'intéresser activement à ses affaires. Elle regrettait, disait-elle, de ne pas avoir eu d'enfants, surtout parce que Rand avait rompu toutes relations avec sa première femme et avec son fils, adulte maintenant, issu de ce précédent mariage. EE avoua qu'elle se sentait responsable de la rupture entre le père et le fils, puisque Benjamin Rand avait divorcé de la mère du garçon pour l'épouser.

Chance, pensant qu'il fallait montrer un intérêt soutenu aux propos que tenait EE, eut recours à un procédé qu'il avait observé à la télé et se mit à répéter des bribes de ses phrases. Ainsi, il l'encourageait à continuer et à entrer dans les détails. Chaque fois que Chance répétait ses paroles, le visage de EE s'éclairait, et elle paraissait de plus en plus sûre d'elle. En fait, elle fut tellement à l'aise qu'elle commença à ponctuer son discours de gestes, tantôt lui touchant l'épaule, tantôt le bras. Ses paroles semblaient flotter dans la tête de Chance ; il la regardait comme s'il la voyait à la télé. EE s'abandonnait dans le fauteuil. Un coup frappé à la porte l'interrompit au milieu d'une phrase.

C'était l'infirmière pour la piqûre. Avant de sortir, EE proposa à Chance de dîner avec elle et Mr Rand qui semblait aller mieux.

Chance se demanda si Mr Rand le prierait de quitter les lieux. La pensée qu'il pourrait être obligé de partir ne le tracassait pas pour autant ; il savait qu'en fin de compte, il lui faudrait partir, mais, comme à la télé, ce qui allait suivre était encore caché ; il savait que les acteurs du nouveau programme étaient inconnus. Il n'avait rien à craindre, car tout ce qui devait arriver était prévu dans les séquences à venir et le mieux à faire était d'attendre patiemment le moment où lui-même apparaîtrait enfin dans l'écran.

À l'instant où il mettait la télé en marche, un valet – un Noir – entra, lui apportant ses vêtements qui avaient été nettoyés et repassés. Le sourire de l'homme évoquait celui, rassurant, de la vieille Louise.

***

EE appela Chance, lui demandant de descendre et de se joindre à elle et à son mari pour prendre un verre, avant le dîner. Un domestique l'accueillit au pied de l'escalier et le conduisit jusqu'au salon où EE et un homme âgé patientaient. Chance observa que le mari d'EE était vieux, presque aussi vieux que le Vieil Homme. Chance lui prit la main, elle était sèche et chaude : sa poigne était sans force. L'homme observa la jambe de Chance.

« Ne forcez pas sur votre jambe, dit-il d'une voix claire et mesurée. Comment vous sentez-vous ? EE m'a tout raconté de votre accident. Une honte ! Aucune excuse ! »

Un instant, Chance hésita.

« Ce n'est rien, Monsieur, vraiment. Je me sens fort bien maintenant. C'est la première fois de ma vie que j'ai un accident. »

Un domestique servit le champagne. Chance avait à peine touché à sa coupe qu'on annonça le dîner. Les deux hommes suivirent EE dans la salle à manger où le couvert était dressé pour trois. Chance remarqua l'argenterie étincelante et les sculptures sur glace dans les angles de la pièce.

Chance réfléchit sur la conduite à tenir, il repensa à l'émission où un jeune homme d'affaires dîne souvent avec son patron et la fille de ce dernier.

« Vous paraissez en excellente santé, Mr Jardin, dit Rand. C'est votre chance. Mais est-ce que cet accident ne vous empêche pas de vous occuper de vos affaires ?

— Comme je l'ai déjà dit à Mrs Rand, commença lentement Chance, ma maison a été fermée et je n'ai pas d'affaire urgente. »

Il s'appliquait en coupant et mangeant sa nourriture. Il reprit :

« J'attendais justement que quelque chose arrive quand j'ai eu l'accident. »

Mr Rand ôta ses lunettes, souffla sur les verres, les essuya avec son mouchoir, puis les ajusta sur son nez. Il dévisagea Chance dans l'attente d'éclaircissements. Chance comprit que sa réponse était lapidaire et peu satisfaisante. Ses yeux rencontrèrent le regard inquisiteur d'EE.

« Ce n'est pas facile, Monsieur, de trouver une place qui convienne, un jardin dans lequel on puisse travailler en paix en suivant le rythme des saisons. Il n'y a plus tellement d'occasions qui restent en ce moment. À la télé… »

Il se troubla. Il lui vint soudain quelque chose à l'esprit :

« … Je n'ai jamais vu de jardin. J'ai vu des forêts et des jungles, et quelquefois un arbre ou deux. Mais un jardin dans lequel je puisse travailler et surveiller la croissance des choses que j'y ai plantées… »

Il se sentit triste.

Par-dessus la table, Mr Rand se pencha vers lui.

« Comme c'est bien dit, Mr Jardin… J'espère que vous me permettrez de vous appeler Chauncey… Un jardinier ! N'est-ce pas là le parfait portrait du véritable homme d'affaires ? Un homme qui prend un sol rocailleux et le rend fertile par le travail de ses seules mains, qui l'arrose de la sueur de son front, et crée ainsi un lieu inestimable pour sa famille et la société. Oui, Chauncey, quelle métaphore magnifique ! Un homme d'affaires efficace n'est rien d'autre, en effet, qu'un travailleur sur ses propres vignes ! »

L'enthousiasme dont avait preuve Mr Rand soulagea Chance. Tout allait bien.

« Merci Monsieur, murmura-t-il.

— Je vous en prie, appelez-moi Ben.

— Ben, répéta Chance en hochant la tête. Le jardin que j'ai quitté ressemblait à ça, et je sais que je n'en trouverai jamais plus d'aussi merveilleux. Tout ce qui y poussait c'est moi qui le faisais : je semais les graines, je les arrosais, je les regardais grandir. Mais maintenant, tout cela est fini, et tout ce qui reste, c'est la chambre du haut. »

Il désigna le plafond.

Rand le considéra avec bienveillance.

« Vous êtes jeune, Chauncey. Pourquoi parler de la chambre du haut ? C'est moi qui m'y rendrai bientôt, pas vous. Vous pourriez presque être mon fils, vous êtes si jeune. Vous et EE, si jeunes tous les deux.

— Ben, chéri… commença EE.

— Je sais, je sais, la coupa-t-il. Tu n'aimes pas que je mentionne notre différence d'âge mais, pour moi, tout ce qui m'attend bientôt, est bien la chambre du haut. »

Chance se demandait ce que Rand entendait en disant qu'il serait bientôt dans la chambre du haut. Comment pourrait-il s'y installer alors que lui Chance, était encore dans la maison ?

Ils mangèrent en silence. Chance mâchait lentement, sans toucher au vin. À la télé, ceux qui en buvaient se retrouvaient dans un état qu'ils ne pouvaient contrôler.

« Eh bien, reprit Rand, si vous ne parvenez pas à trouver rapidement une opportunité intéressante, comment pourrez-vous subvenir aux besoins de votre famille ?

— Je n'ai pas de famille. »

Le visage de Rand s'assombrit.

« Je ne comprends pas. Un beau jeune homme comme vous sans famille ? Comment est-ce possible ?

— Je n'ai pas eu le temps », répondit Chance.

Impressionné, Rand secoua la tête.

« Votre travail a été absorbant à ce point ?

— Ben, je t'en prie… intervint EE.

— Je suis persuadé que Chauncey ne voit pas d'inconvénient à répondre à mes questions. N'est-ce pas, Chauncey ? »

Chance secoua la tête.

« Eh bien… n'avez-vous jamais souhaité fonder une famille ?

— Je ne sais pas ce que c'est que d'avoir une famille. »

Rand murmura :

« Alors, en effet, vous êtes réellement seul, n'est-ce pas ? »

Un silence tomba ; les domestiques apportèrent encore un plat. Rand se tourna vers Chance.

« Vous savez, il y a quelque chose en vous qui me plaît, dit-il. Je suis un vieil homme, et je peux vous parler franchement. Vous êtes direct : vous comprenez les choses vite et vous les exprimez clairement. Comme vous le savez peut-être, continua Rand, je suis président-directeur général de la First American Financial Corporation. Nous venons de mettre sur pied un programme pour venir en aide aux entreprises américaines qui ont été touchées par l'inflation, les taxations excessives, les émeutes et autres foutoirs. Nous voulons venir au secours des honnêtes "jardiniers" du monde des affaires. Après tout, ils représentent notre plus solide défense contre les conglomérats et les corrompus qui menacent nos libertés fondamentales et le bien-être de notre classe moyenne. Il nous faudra discuter de cela plus en détail ; peut-être quand vous serez rétabli, vous pourrez rencontrer ici quelques-uns des membres du conseil qui vous donneront plus d'informations sur nos projets et nos objectifs. »

Chance fut rassuré que Rance ajoute :

« Je sais, je sais, vous n'êtes pas homme à agir dans l'impulsion du moment. Mais pensez à ce que je vous ai dit et n'oubliez pas que je suis très malade et que j'ignore pour combien de temps encore je serais parmi vous... »

EE voulut protester, mais Rand poursuivit :

« Je suis malade et les années me pèsent. J'ai l'impression d'être un arbre dont les racines sortent de terre... »

Chance avait cessé d'écouter. Son jardin lui manquait. Dans le jardin du Vieil Homme jamais aucun arbre n'avait ses racines hors de la terre, pas plus qu'il ne se desséchait. Là-bas, tous les arbres étaient jeunes et bien soignés.

Dans le silence qu'il sentait à présent s'épaissir autour de lui, il déclara précipitamment :

« Je réfléchirai à ce que vous m'avez dit. Ma jambe me fait encore mal et il est difficile de prendre une décision.

— Bon. Rien ne presse, Chauncey. »

Rand se pencha et mit la main sur l'épaule de Chance. Ils se levèrent et passèrent dans la bibliothèque.

IV

Ce mercredi, tandis que Chance s'habillait, le téléphone sonna. Il entendit la voix de Rand.

« Bonjour, Chauncey. Mrs Rand m'a chargé de vous souhaiter une bonne journée comme elle ne sera pas à la maison aujourd'hui. Elle a dû prendre l'avion pour Denver. Mais je vous appelle aussi pour une autre raison. Le Président doit prononcer un discours aujourd'hui à l'assemblée annuelle du Financial Institute. Il s'envole vers New York et vient de me téléphoner de son avion. Il sait que je suis malade et que je ne pourrai pas, en tant que président-directeur général, présider la séance, comme prévu. Mais puisque je me sens un peu mieux ce matin, le Président me fait l'honneur de venir me rendre visite avant le déjeuner. C'est fort aimable de sa part, n'est-ce pas ? Il doit atterrir à l'aéroport Kennedy et arrivera à Manhattan par hélicoptère. Je pense qu'il sera ici dans une heure environ. »

Il s'interrompit ; Chance pouvait entendre sa respiration laborieuse.

« Je voudrais que vous le rencontriez, Chauncey. Vous l'aimerez beaucoup. Le Président est un grand homme… un sacré bonhomme, et je sais que vous lui plairez et qu'il vous appréciera. Maintenant, écoutez : les agents du Service Secret seront ici sous peu pour inspecter la maison. C'est strictement une affaire de routine qu'ils doivent faire en toutes circonstances et en tout lieu. Si vous permettez, ma secrétaire vous préviendra dès leur arrivée.

— Entendu, Benjamin, merci.

— Oh ! Une dernière chose, Chauncey. Ne leur en voulez pas, mais ils seront aussi obligés de vous fouiller. De nos jours, aucune personne proche de l'entourage immédiat du Président n'est autorisée à avoir sur elle des objets tranchants… alors, ne leur montrez pas votre esprit, Chauncey, sinon, ils risqueraient de vous l'enlever ! À bientôt, mon jeune ami ! »

Il raccrocha.

Il ne doit y avoir aucun objet tranchant. Chance ôta vivement son épingle de cravate et posa son peigne sur la table. Mais qu'entendait Rand par « votre esprit » ? Chance se regarda dans la glace. Ce qu'il vit lui plut : ses cheveux luisants, ses joues rouges, son complet sombre fraîchement repassé moulait son corps comme l'écorce adhère à l'arbre. Satisfait, il alluma l'écran.

Au bout d'un certain temps, la secrétaire de Rand l'appela pour lui annoncer que les hommes du Président s'apprêtaient à monter. Quatre hommes entrèrent dans la chambre, parlant et souriant avec décontraction, ils se mirent à fouiller la pièce à l'aide de toutes sortes d'instruments compliqués.

Chance, assis derrière le bureau, regardait la télé. Il changea de chaîne et vit soudain un hélicoptère imposant qui se posait sur une pelouse de Central Park. Le commentateur annonça qu'à l'instant même le Président des États-Unis atterrissait au centre de la cité new-yorkaise.

Les agents du Service Secret interrompirent leur travail pour regarder l'événement.

« Eh bien, le patron est arrivé, fit l'un d'eux. Dépêchons-nous de vérifier les autres pièces. »

Chance était seul quand la secrétaire de Rand l'appela pour lui annoncer l'arrivée imminente du Président.

Il bredouillait légèrement.

« Merci, dit-il. Je ferais peut-être bien de descendre tout de suite, n'est-ce pas ?

— Je crois en effet que c'est l'heure, Monsieur. »

Chance descendit. Les agents du Service Secret se déplaçaient silencieusement dans les couloirs, le hall d'entrée et devant la porte de l'ascenseur. Certains d'entre eux se tenaient près des fenêtres du bureau ; d'autres se trouvaient dans la salle à manger, dans le salon et devant la bibliothèque. Chance fut fouillé par un agent qui s'en excusa sincèrement avant de lui ouvrir la porte de la bibliothèque.

Rand vint à sa rencontre et lui tapota l'épaule.

« Quel bonheur que vous ayez l'occasion de rencontrer notre Président. C'est quelqu'un de bien ; son sens de la justice s'en tient scrupuleusement à la loi ; il fait preuve d'un excellent jugement et sait à la fois tenir compte du pouls et du porte-monnaie de l'électorat. Je trouve que c'est particulièrement cordial de sa part de venir me rendre visite en ce moment, non ? »

Chance fit oui de la tête.

« Quel dommage qu'EE ne soit pas là ! déclara Rand. Elle est une grande admiratrice du Président qu'elle trouve d'ailleurs particulièrement séduisant. Vous savez qu'elle a téléphoné de Denver ? »

Chance dit qu'il était au courant de l'appel d'EE.

« Et vous avez pu lui parler ? Non ? Bon, elle rappellera. Je suis certain qu'elle voudra connaître vos impressions sur le Président et savoir comment les choses se sont passées… si jamais je dormais, je compte sur vous, Chauncey, pour lui raconter en détail la rencontre.

— J'en serai très heureux. J'espère que vous vous sentez mieux. Monsieur. Vous avez meilleure mine. »

Rand remua dans son fauteuil, mal à l'aise.

« Ah, Chauncey, ce n'est que du maquillage, rien que du maquillage. L'infirmière a passé la nuit et toute la matinée à mes côtés ; je lui ai demandé de me donner bonne apparence afin que le Président n'ait pas l'impression que je vais mourir pendant notre entretien. Personne n'aime la compagnie d'un mourant, Chauncey, parce que bien peu de gens savent ce qu'est la mort. Tout ce que nous en connaissons est la terreur qu'elle nous inspire. Vous êtes une exception, Chauncey. Je m'en rends compte. Je sais que vous n'avez pas peur. Voilà ce que EE et moi admirons en vous : cette incroyable sérénité. Vous n'oscillez pas entre la crainte et l'espoir ; vous êtes un homme véritablement équilibré. Ne me contredisez pas ;

je suis assez vieux pour être votre père. J'ai beaucoup vécu, beaucoup tremblé, j'étais entouré par des hommes médiocres qui oubliaient que nous arrivons nus et que nous partons nus, et qu'aucun comptable ne peut arranger en notre faveur le bilan de notre vie. »

Rand était livide. Il prit une pilule, l'avala et but quelques gorgées d'eau. Un téléphone sonna. Il décrocha le combiné et dit d'une voix vive :

« Mr Jardin et moi sommes prêts. Introduisez le Président dans la bibliothèque. »

Il raccrocha, puis il enleva le verre d'eau du bureau et le posa derrière lui sur un rayonnage.

« Le Président est là, Chauncey. Il arrive dans un instant. »

***

Chance se rappelait avoir vu le Président lors d'une récente émission. Sous le soleil d'une journée sans nuages, se déroulait une parade militaire. Le Président se tenait sur une estrade, entouré de militaires en uniforme, constellés de médailles étincelantes, et de civils portant des lunettes noires. Au-dessous, dans le champ de manœuvres, s'avançaient d'interminables colonnes de soldats, la tête tournée vers leur chef qui agitait la main. Le regard du Président plongeait vers les milliers d'hommes en rangs, réduits par l'écran de télé à de simples monticules de feuilles mortes poussées par un vent violent. Surgissant dans le ciel, des avions à réaction amorcèrent une descente impeccable en formation serrée.

Les observateurs militaires et les civils de la tribune eurent à peine le temps de lever les yeux quand, comme des éclairs, les avions passèrent dans un grondement de tonnerre devant le Président. Une fois de plus, le visage du Président envahit tout l'écran. Il gardait les yeux fixés sur les avions qui disparaissaient au loin ; un sourire fugace adoucissait ses traits.

***

« Quelle joie de vous voir, Monsieur le Président, dit Rand en se levant pour saluer un homme de taille moyenne qui entrait dans la pièce en souriant. Comme c'est aimable de votre part de vous être dérangé pour rendre visite à un mourant. »

Le Président lui donna l'accolade et le conduisit vers un fauteuil.

« Ne dites pas de bêtises, Benjamin. Je vous en prie, asseyez-vous et laissez-moi vous regarder. »

Le Président prit place sur un canapé, et se tourna vers Chance.

« Monsieur le Président, permettez-moi de vous présenter mon très cher ami, Mr Chauncey Jardin, dit Rand. Mr Jardin… le Président des États-Unis d'Amérique. »

Rand s'enfonça dans son fauteuil tandis que le Président tendait la main avec un large sourire. Se souvenant qu'au cours de ses conférences de presse à la télé, le Président regardait toujours son public en face, Chance regarda le Président droit dans les yeux.

« Je suis enchanté de faire votre connaissance, Mr Jardin, dit le Président en s'adossant au sofa. J'ai tant entendu parler de vous. »

Chance se demanda comment le Président avait bien pu entendre parler de lui.

« Je vous en prie, asseyez-vous, Mr Jardin, reprit le Président. À deux, nous allons sermonner notre ami Benjamin pour la façon dont il se cloître chez lui. Ben... Il se pencha vers le vieillard. Ce pays a besoin de vous, et moi, votre principal administrateur, je ne vous ai pas donné l'autorisation de prendre votre retraite.

— Je suis prêt pour le grand saut, Monsieur le Président, dit délicatement Rand. Et, qui plus est, je ne me plains pas. Le monde se sépare de Rand, et Rand se sépare du monde. Un bon deal, vous ne trouvez pas ? Sécurité, tranquillité, un repos bien mérité : tous les buts que j'ai convoités seront bientôt atteints.

— Allons, soyons sérieux, Ben. »

Le Président fit un geste de la main.

« J'ai toujours su que vous étiez un philosophe mais, avant tout, vous êtes un homme d'affaires, solide et actif. Parlons de la vie. »

Il marqua une pause pour allumer une cigarette.

« Alors, il paraît que vous ne ferez pas le discours inaugural de l'assemblée annuelle du Financial Institute aujourd'hui ?

— Je ne peux pas, Monsieur le Président, répondit Rand. Ordre du médecin. Et plus encore, je dois m'effacer devant la douleur. »

— Bien sûr… oui… Après tout, ce n'est jamais qu'une réunion comme les autres. Et même si vous n'y assistez pas en personne, vous y serez par la pensée. L'Institut demeure votre œuvre ; toutes ses activités sont marquées du sceau de votre action. »

Les deux hommes entamèrent un long dialogue. Chance ne comprenait pratiquement rien de ce qui se disait, bien qu'à de nombreuses reprises ils se fussent tournés dans sa direction comme pour l'inviter à participer à la conversation. Chance pensait qu'ils s'exprimaient intentionnellement dans une autre langue pour des raisons de sécurité, quand, soudain, le Président s'adressa à lui.

« Et vous, Mr Jardin, que pensez-vous du mauvais climat à la Bourse ? »

Chance s'affola ; il avait l'impression que les racines de ses pensées avaient été subitement arrachées d'un seul coup de leur terre humide et poussées, pêle-mêle, dans une atmosphère hostile. Il gardait les yeux fixés sur le tapis. Finalement, il se mit à prononcer :

« Dans un jardin, dit-il, la croissance suit les saisons. Il y a le printemps et l'été, mais aussi l'automne et l'hiver. Et puis, le printemps et l'été encore. Tant que les racines n'ont pas été coupées, tout va bien, et tout ira bien. »

Il leva les yeux. Rand le regardait, approbateur. Le Président paraissait très satisfait.

« Mr Jardin, déclara le Président, je dois avouer que ce que vous venez de dire est l'une des déclarations les plus plaisantes et optimistes qu'il m'ait été donné d'entendre depuis fort, fort longtemps. »

Il se leva et se tint droit, le dos à la cheminée.

« Nombre d'entre nous oublient que la nature et la société ne font qu'un ! Eh oui, bien que nous ayons tenté de nous détourner de la nature, nous en faisons toujours partie. Comme la nature, notre système économique, à long terme, demeure stable et rationnel, et c'est pourquoi nous ne devons pas nous croire à sa merci. »

Le Président hésita un instant, puis se tourna vers Rand.

« Nous acceptons l'inévitable passage des saisons de la nature, mais nous sommes perturbés par les saisons de notre économie ! Quelle folie de notre part ! »

Il sourit à Chance.

« J'envie à Mr Jardin son solide bon sens. C'est exactement ce qui nous manque au Capitole. »

Le Président consulta sa montre, puis d'un geste de la main, empêcha Rand de se lever.

« Non, non, Ben… reposez-vous. J'espère vous revoir sous peu. Quand vous vous sentirez mieux, il faudra venir avec EE à Washington. Et vous, Mr Jardin… vous nous ferez le plaisir, à ma famille et à moi-même, d'une visite, promis ? Nous vous attendons ! »

Il donna l'accolade à Rand, serra rapidement la main de Chance avant de franchir la porte d'un pas ferme.

Rand saisit prestement son verre d'eau, avala un autre cachet et s'affaissa dans son fauteuil.

« Un homme bien, le Président, non ? demanda-t-il à Chance.

— Oui, dit Chance. Mais, il a l'air plus grand à la télé.

— Oh ! Bien sûr ! s'exclama Rand. Mais il ne faut pas oublier que c'est une bête politique qui, avec diplomatie, arrose de sa bienveillance chacune des plantes qu'il trouve sur son chemin, peu importe ce qu'il en pense vraiment. Il est très fort et j'apprends beaucoup de son intelligence. Au fait, Chauncey, étiez-vous d'accord avec ma position sur le crédit et le manque général de liquidités telle que je l'ai exposée au Président ?

— Je ne suis pas sûr d'avoir compris. C'est pour ça que je me suis tu.

— Vous avez dit beaucoup, mon cher Chauncey, beaucoup. Et c'est précisément ce que vous avez dit, et la façon dont vous l'avez dit, qui a tellement plu au Président. Il a entendu des analyses comme les miennes par tout le monde, tandis que comme les vôtres, malheureusement, rarement… Peut-être même jamais. »

Le téléphone sonna. Rand répondit, puis il apprit à Chance que le Président et les agents du Service Secret étaient partis et que l'infirmière l'attendait pour lui faire une piqûre. Il serra Chance dans ses bras avant de s'en aller. Alors Chance monta dans sa chambre. Quand il alluma la télévision, il vit le cortège motorisé du Président qui filait sur la Cinquième Avenue. Des petits groupes se rassemblaient le long des trottoirs. La main du Président saluait par la fenêtre de la limousine. Chance ne savait plus s'il avait réellement serré cette main quelques instants plus tôt.

***

La session annuelle du Financial Institute s'ouvrit dans une atmosphère chargée d'attentes et de tension. Les annonces de la matinée sur la hausse du chômage qui atteignait un niveau national sans précédent allaient électriser le congrès. L'Administration fédérale ne semblait pas disposée à divulguer les mesures que le Président comptait proposer pour lutter contre la stagnation de l'économie. Tous les médias étaient sur le pied de guerre.

Dans son allocution, le Président rassura l'opinion publique en déclarant que le gouvernement n'envisageait pas de prendre des mesures draconiennes dans un proche avenir, en dépit de la nouvelle chute brutale de la productivité.

« Il y a un temps pour le printemps, déclara-t-il, et un temps pour l'été mais, malheureusement, tout comme pour n'importe quel jardin terrestre, il y a un temps pour les inévitables frimas et les tempêtes de l'automne et de l'hiver. »

Le Président insista sur le fait que, tant que les graines de l'industrie demeureraient fermement attachées à la vie du pays, l'économie était certaine de refleurir.

Au cours du bref échange informel de questions et de réponses, le Président révéla avoir procédé à des consultations à différents niveaux parmi des membres de son Cabinet, des représentants du Sénat ainsi que parmi d'éminentes personnalités du monde des affaires. À ce propos, il rendit hommage à Benjamin Turnbull Rand, président de l'Institute, absent pour raison de santé ; il ajouta que chez Mr Rand, il avait eu un entretien particulièrement fructueux avec ce dernier et Mr Chauncey Jardin sur les effets bienfaisants de l'inflation.

« L'inflation émonderait les branches mortes de l'économie, revigorant ainsi le tronc robuste de l'industrie. »

C'est grâce au discours du Président que le nom de Chance attira pour la première fois l'attention des médias.

***

Dans le courant de l'après-midi, la secrétaire de Rand dit à Chance.

« J'ai en ligne Mr Tom Courtney, du *New York Times*. Pourriez-vous lui parler, Monsieur, ne serait-ce que quelques minutes ? Je crois qu'il voudrait quelques renseignements vous concernant.

— Je vais lui parler », répondit Chance.

La secrétaire lui passa Courtney.

« Je suis désolé de vous déranger, Mr Jardin ; je ne me le serais pas permis si je ne m'étais au préalable entretenu avec Mr Rand. »

Il marqua une pause pour donner plus de poids à ses paroles.

« Mr Rand est très malade, fit Chance.

— Eh bien… oui… En fait, il m'a fait comprendre que grâce à votre personnalité, à votre clairvoyance, il y avait une possibilité que vous rejoigniez le conseil d'administration de la First American Financial Corporation. Désirez-vous faire une déclaration à ce sujet ?

— Non, dit Chance. Pas pour le moment. »

Puis après un temps :

« Puisque le *New York Times* couvre la visite du Président à New York et son discours, nous tenons à être aussi précis que possible. Seriez-vous d'accord de nous faire quelques commentaires sur la nature de l'entretien qui s'est déroulé entre vous, Mr Rand et le Président ?

— Ça m'a beaucoup plu.

— Parfait, Monsieur. Apparemment, ça a été réciproque pour le Président. Mais, Mr Jardin, poursuivit Courtney avec une désinvolture simulée, au *Times*, nous serions extrêmement désireux de mettre à jour les renseignements vous concernant, si vous voyez ce que je veux dire... »

Il eut un rire embarrassé.

« Pour commencer, pourriez-vous, par exemple, m'éclairer sur les relations qui existent entre vos affaires et la First American Financial Corporation ?

— Je crois que vous devriez poser cette question à Mr Rand, répondit Chance.

— Oui, bien sûr. Mais puisqu'il est souffrant, je me permets de m'adresser à vous. »

Chance demeura silencieux. Courtney attendait une réponse.

« Je n'ai rien à ajouter », dit Chance.

Et il raccrocha.

Courtney se renversa dans son fauteuil, agacé. Il se faisait tard. Il convoqua ses collaborateurs et, dès leur entrée, il reprit ses manières désinvoltes habituelles.

« Bon, Messieurs. Commençons par la visite du Président et son allocution. J'ai parlé à Rand. Chauncey Jardin, le nom mentionné par le Président, est apparemment un homme d'affaires, un financier et, d'après Rand, un candidat très bien placé pour l'un des sièges vacants au conseil d'administration de la First American Financial Corporation. »

Il regarda ses collaborateurs qui s'attendaient à plus de détails.

« J'ai aussi parlé à Jardin. Eh bien… Courtney marqua une pause. Il est très laconique et s'en tient à l'essentiel. De toute manière, nous n'avons pas assez de temps pour réunir tous les renseignements sur Jardin. Nous allons donc exploiter au maximum son association prochaine avec Rand, son entrée au conseil d'administration de la First American Financial Corporation, ses conseils au Président, et cætera. »

***

Chance regardait la télévision dans sa chambre. L'allocution du Président au déjeuner du Financial Institute était retransmise par plusieurs chaînes ; les rares autres programmes donnaient essentiellement des jeux destinés aux familles et des films d'aventures pour les enfants. Chance déjeuna dans sa chambre tout en regardant la télé ; il était sur le point de s'endormir quand la secrétaire de Rand appela.

« Les producteurs de l'émission télévisée THIS EVENING viennent de téléphoner, annonça-t-elle tout excitée. Ils voudraient que vous passiez au programme de ce soir. Ils se sont excusés de vous donner un délai si court, mais ils viennent d'apprendre que le Vice-Président est dans l'impossibilité de venir commenter le discours du Président. Et en raison de son état de santé, évidemment, Mr Rand ne peut le remplacer, mais il a suggéré que vous, un financier ayant fait grande impression sur le Président, y alliez à sa place. »

Chance ne parvenait pas à imaginer ce qu'impliquait le fait de passer à la télé. Il désirait se voir réduit à la taille de l'écran ; il voulait devenir image, séjourner à l'intérieur du poste.

La secrétaire attendait au bout du fil.

« Pas de problème pour moi, répondit Chance. Qu'est-ce que je dois faire ?

— Rien du tout, Monsieur, dit-elle, avec entrain. Le producteur viendra en personne vous chercher à temps pour l'émission. C'est une émission qui passe en direct. Vous devez être sur place une demi-heure avant le début du programme. C'est vous qui serez la vedette de THIS EVENING. Je vais les rappeler immédiatement ; ils seront enchantés que vous ayez accepté leur invitation. »

Chance alluma la télé. Il se demandait si une personne changeait avant ou après son apparition sur l'écran. Serait-il transformé à jamais ou seulement pendant la projection de son apparition ? Quelle partie de lui-même laisserait-il sur place quand l'émission se terminerait ? Y aurait-il deux Chance après le programme : un Chance qui regardait la télé et l'autre qui y faisait une apparition ?

Au début de la soirée, Chance reçut la visite du réalisateur de l'émission THIS EVENING – un petit homme en complet sombre. Le réalisateur expliqua que le discours du Président avait réveillé l'intérêt que le pays portait à la situation économique.

« ... et puisque le Vice-Président ne pourra participer au programme de ce soir, poursuivit-il, nous vous serions très reconnaissants de bien vouloir exposer à nos téléspectateurs ce qui se passe vraiment dans l'économie du pays. Étant donné la place que vous occupez dans l'entourage intime du Président, vous êtes l'homme idéal pour donner des réponses à la nation. Pendant l'émission, vous pourrez vous montrer aussi franc qu'il vous plaira. Le présentateur ne vous interrompra absolument pas aussi longtemps que vous parlerez, mais s'il désire intervenir, il vous le fera savoir en portant l'index gauche à son sourcil gauche. Ceci signifiera qu'il veut soit vous poser une nouvelle question soit appuyer ce que vous venez de dire.

— Je comprends, répondit Chance.

— Eh bien, si vous êtes prêt, nous pouvons partir, Monsieur. Notre maquilleur n'aura à faire que quelques petites retouches. »

Il sourit.

« Au fait, notre présentateur serait honoré de faire votre connaissance avant l'émission. »

***

Dans la grande limousine dépêchée par la chaîne de télévision se trouvaient deux petits postes de télé. Alors que la voiture roulait dans Park Avenue, Chance demanda si l'un des appareils pouvait être allumé. Lui et le réalisateur regardèrent l'émission en silence.

L'intérieur du studio ressemblait à tous les studios que Chance avait vus à la télé. On le conduisit hâtivement dans un vaste bureau contigu où on lui offrit un verre qu'il refusa ; à la place, on lui donna une tasse de café. Le présentateur de l'émission entra. Chance le reconnut aussitôt ; il l'avait souvent vu à THIS EVENING , même si les Talk-Shows l'ennuyaient.

Chance se demandait, tandis que le présentateur n'arrêtait pas de parler, ce qu'allait donner la suite des événements et à quel moment il serait réellement à l'écran. L'animateur se tut enfin et le producteur ne tarda pas à revenir avec un maquilleur. Chance s'assit devant un miroir pendant que l'homme lui enduisait le visage d'une mince couche de poudre brunâtre.

« Vous êtes souvent passé à la télé ? demanda le maquilleur.

— Non, dit Chance. Mais je la regarde tout le temps. »

Le maquilleur et le producteur gloussèrent poliment.

« Terminé, annonça le maquilleur en hochant la tête et en refermant sa valise. Bonne chance. Monsieur. »

Il se retourna et sortit.

Chance attendit dans une pièce attenante. Dans un angle, se dressait un poste de télé grand et encombrant. Il vit apparaître le présentateur qui annonçait le programme. Le public applaudit ; l'animateur afficha un air affable ; les grosses caméras aux nez pointus roulaient en douceur autour de la scène ; il y eut de la musique, et le chef d'orchestre salua en souriant.

Que la télévision se filme elle-même étonna Chance ; les caméras s'observaient mutuellement et, tout en s'épiant, elles filmaient un programme. Cet autoportrait apparaissait sur des écrans disposés face à la scène, tout en étant regardé dans le studio par le public. De toutes les innombrables choses qui existaient dans le monde : arbres, herbes, fleurs, téléphones, radios, ascenseurs – seule la télé pouvait agir sur le réalité en tendant un miroir qui avait le pouvoir de transformer la vie.

Soudain, le producteur surgit et, d'un signe, invita Chance à le suivre. Ils franchirent une porte et écartèrent un lourd rideau. Chance entendit le présentateur énoncer son nom. Puis le producteur s'éclipsa, et Chance se retrouva sous le feu des projecteurs. Il vit le public devant lui ; contrairement à ce qu'il avait vu dans son propre poste, il ne pouvait distinguer les visages dans la foule. Trois grandes caméras étaient placées sur la petite scène carrée ; à droite, le présentateur était assis derrière une table recouverte de cuir. Il accueillit Chance avec un sourire enjoué, se leva avec aisance, et le présenta ; le public applaudit à tout rompre. Chance s'approcha de la chaise libre près de la table, imitant en ceci ce qu'il avait si souvent observé à la télé. Il s'assit et le présentateur en fit autant. Les caméramans roulaient silencieusement les caméras autour d'eux. L'animateur se pencha vers Chance.

Face aux caméras et au public, désormais à peine visible tout au fond du studio, Chance s'abandonna à ce qui allait arriver. Il n'y avait plus une pensée dans sa tête, il était présent et pourtant absent. Les caméras venaient lécher l'image de son corps ; elles enregistraient ses moindres mouvements et, silencieusement, les projetaient sur des millions d'écrans disséminés de par le monde – dans des salons, des voitures, des bateaux, des avions, des salles de séjour, des chambres à coucher. Il allait être vu par plus de personnes qu'il ne pourrait jamais en rencontrer tout au long de sa vie, par des gens qui ne le rencontreraient jamais. Les gens qui le regardaient sur leur poste ne savaient pas qui était réellement l'homme qui leur faisait face ; comment auraient-ils pu le savoir puisqu'ils ne l'avaient jamais rencontré ? L'écran ne reflétait que la surface de l'individu ; il s'évertuait à dépecer les images de leurs corps jusqu'à ce qu'elles fussent aspirées dans les orbites des spectateurs où elles se perdaient à jamais et disparaissaient. Faisant face aux caméras avec leurs trois objectifs insensibles pointés sur lui comme des groins, Chance devint une simple image pour des millions d'Américains bien réels. Ces derniers ne se doutaient pas du vide qui animait Chance car les pensées ne pouvaient être filmées. Et, pour lui, ces spectateurs n'existaient qu'en tant que projections de sa propre pensée, ils n'étaient donc que des images. Et pourtant ces gens étaient aussi réels que lui, mais ça, il ne le saurait jamais.

Chance entendit le présentateur annoncer :

« Nous sommes très honorés de vous accueillir ce soir, dans ce studio, Mr Chauncey Jardin, tout comme doivent l'être, j'en suis certain, les quarante millions d'Américains ou plus qui, chaque soir, regardent notre émission. Nous vous sommes particulièrement reconnaissants d'avoir bien voulu remplacer au pied levé le Vice-Président que des affaires urgentes empêchent, malheureusement, d'être parmi nous ce soir. »

Le présentateur marqua une brève pause ; il régnait dans le studio un silence total.

« Je vais aller droit au but, Mr Jardin. Partagez-vous les vues du Président sur notre économie ?

— Quelles vues ? » demanda Chance.

Le présentateur esquissa un sourire entendu.

« Les vues que le Président a exposées cet après-midi dans l'allocution importante qu'il a prononcée devant le Financial Institute. Avant son discours, le Président vous a consulté comme il a consulté ses autres experts financiers...

— Oui... ? dit Chance.

— Ce que je veux dire... »

L'animateur hésita et se rapporta à ses notes.

« Eh bien... prenons un exemple : le Président a comparé l'économie du pays à un jardin et il a prétendu qu'après une période de déclin, suivrait tout naturellement une période de croissance...

— Je connais fort bien le jardin, dit Chance d'une voix assurée. J'y ai travaillé toute ma vie. C'est un bon jardin et il est en bonne santé ; ses arbres sont sains, tout comme ses buissons et ses fleurs, à condition qu'on les taille et qu'on les arrose selon les saisons. Le jardin demande beaucoup de soins. Je partage l'avis du Président ; tout ce qui s'y trouve poussera vigoureusement quand le temps viendra. Et il y reste encore beaucoup d'espace pour de nouveaux arbres et de nouvelles fleurs de toutes sortes. »

Une partie du public interrompit pour applaudir tandis que l'autre manifestait son opposition. Chance jeta un coup d'œil au poste placé à sa droite ; tout d'abord, il vit son visage remplir l'écran. Puis on montra quelques visages dans le public – manifestement, ils approuvaient ses paroles ; d'autres semblaient pétris par la colère. Et sur l'écran revint le visage de l'animateur et Chance se détourna du poste pour lui faire face.

« Bien, Mr Jardin, dit le présentateur. Voilà qui est fort bien dit, et je pense que cette déclaration fera l'effet d'un coup de fouet pour tous ceux qui refusent de se complaire dans les lamentations et de se délecter de prédictions alarmantes ! Parlons net, Mr Jardin. Donc, à votre avis, le ralentissement de l'économie, la tendance à la baisse de la Bourse, l'accroissement du chômage... vous croyez que tout cela ne constitue qu'une phase, une saison, pour ainsi dire, dans la croissance du jardin...

— Dans un jardin, les choses poussent... mais d'abord, elles se fanent ; les arbres doivent perdre leurs feuilles pour en avoir de nouvelles et pour devenir plus forts, plus vigoureux, plus hauts. Certains arbres meurent, mais de nouvelles pousses les remplacent. Les jardins demandent beaucoup de soins. Mais, si vous aimez votre jardin, vous ne craindrez pas de travailler ni d'attendre. Alors, à la bonne saison, vous le verrez sûrement fleurir. »

Les dernières paroles de Chance furent en partie perdues dans le brouhaha qui montait du public. Derrière lui, les musiciens de l'orchestre tapaient sur leurs instruments ; quelques-uns hurlaient bravo. Chance se tourna vers le poste derrière lui et découvrit son propre visage, les yeux tournés d'un côté. Le présentateur leva la main pour demander le silence, mais les applaudissements continuèrent, ponctués de quelques rares sifflets. Il se leva dignement et, d'un signe, invita Chance à le rejoindre au centre de la scène où il l'étreignit de manière solennelle. Les applaudissements devinrent assourdissants. Chance demeurait là, mal à l'aise. Quand la clameur se fut calmée, le présentateur lui serra la main en disant :

« Merci, merci, Mr Jardin. L'esprit qui vous anime est celui dont le pays a tellement besoin. Espérons qu'il aidera à faire entrer le printemps dans notre économie. Merci encore, Mr Chauncey Jardin, financier, conseiller du Président et véritable homme d'État ! »

Il escorta Chance jusqu'au rideau où le producteur le prit gentiment en charge.

« Vous avez été fantastique, Mister Chance, tout simplement fantastique ! s'écria-t-il. Ça fait près de trois ans que je produis cette émission, et je ne puis me rappeler rien de pareil. Je peux vous dire que le patron a vraiment adoré. C'était génial, vraiment génial ! »

Il conduisit Chance jusqu'au fond du studio. Tandis que plusieurs employés se détournaient de lui, d'autres le saluaient avec émotion.

***

Après avoir dîné avec sa femme et ses enfants, Thomas Franklin se retira dans le bureau attenant. Il ne trouvait jamais suffisamment de temps pour terminer son travail au cabinet, d'autant qu'en ce moment Miss Hayes, son assistante, était en vacances.

Il étudia ses dossiers jusqu'à devenir incapable de se concentrer, puis il gagna la chambre. Sa femme était déjà couchée ; elle regardait l'émission de télévision commentant le discours du Président. Tout en se déshabillant, Franklin jeta un coup d'œil au poste. Au cours des deux dernières années, les titres qu'il détenait avaient perdu les deux tiers de leur valeur ; ses économies s'étaient volatilisées et sa part aux bénéfices du cabinet venait d'être diminuée. Le discours du Président ne l'avait guère encouragé et il espérait que le Vice-Président ou, à défaut, ce Jardin, apporterait une lueur d'espoir dans la sombre et fâcheuse situation dans laquelle il se trouvait. Il jeta négligemment son pantalon, sans se préoccuper de le mettre à repasser sur le valet spécial que sa femme lui avait offert pour son anniversaire, et il s'assit sur le lit pour regarder le talk-show THIS EVENING qui commençait à peine.

L'animateur présenta Chauncey Jardin. L'invité s'avança. L'image était nette, la couleur fidèle. Avant même qu'un gros plan ne se matérialise clairement sur l'écran, Franklin eut le sentiment d'avoir déjà vu cet homme quelque part. Était-ce à la télévision au cours de l'un de ces entretiens-vérité durant lesquels les caméras, en mouvement perpétuel, montraient un homme sous tous les angles, de la tête aux pieds ? Peut-être avait-il rencontré ce Jardin en personne ? Quelque chose lui était familier chez cet homme, en particulier la façon dont il était habillé.

Il était tellement absorbé à essayer de se rappeler où et quand il avait vraiment rencontré cet homme, qu'il n'entendit rien de ce que disait Jardin et des discours qui soulevaient de tels applaudissements dans l'auditoire.

« Qu'a-t-il dit, chérie ? demanda-t-il à sa femme.

— Oh ! s'exclama-t-elle. Comment as-tu pu manquer ça ? Il vient de dire que l'économie du pays se porte bien ! D'après lui, l'économie serait une sorte de jardin où il y a des choses qui poussent et d'autres qui se fanent. Jardin pense que les choses iront bien. »

Elle s'assit dans le lit et regarda Franklin tristement.

« Je t'avais bien dit que tu n'avais pas besoin d'abandonner l'option sur cette maison du Vermont ni de renoncer à cette croisière. Ça te ressemble... Toujours le premier à céder à la panique ! Ah ! Je te l'avais bien dit ! Ce n'est jamais qu'une gelée blanche... sur le jardin ! »

De nouveau Franklin regarda distraitement l'écran. Quand et où diable avait-il vu ce type ?

« Ce Jardin a une forte personnalité, murmura sa femme d'un ton rêveur. Viril, soigné, une voix splendide ; une sorte de mélange de Ted Kennedy et de Cary Grant. Rien à voir avec ces idéalistes bidons, ou ces technocrates qui pensent comme des ordinateurs d'IBM. »

Franklin tendit la main pour prendre un somnifère ; il se faisait tard et il se sentait fatigué. Peut-être avait-il commis une erreur en devenant avocat. Les affaires... la finance... la Bourse... c'était peut-être mieux. Mais à quarante ans, il était trop vieux pour prendre des risques. Il enviait à Jardin son physique, sa réussite, son assurance.

« Comme un jardin. » Il soupira intensément. Bien sûr. Si seulement il était possible d'y croire, si seulement…

***

En revenant du studio, seul dans la limousine, Chance alluma la télé et vit le présentateur en compagnie d'une nouvelle invitée, une enivrante actrice vêtue d'une robe pratiquement transparente. Il entendit son nom mentionné à la fois par l'animateur et par son invitée. L'actrice souriait tout le temps et déclara qu'elle trouvait Chance beau garçon et très attirant.

À peine était-il arrivé dans la demeure des Rand qu'un domestique se précipitait pour lui ouvrir la porte.

« Quelle magnifique interview vous avez donnée, Mr Jardin ! » s'écria-t-il.

Il escorta Chance jusqu'à l'ascenseur. Un autre domestique ouvrit la porte de la cabine.

« Merci, Mr Jardin, dit-il. Simplement "merci" de la part d'un homme qui en a beaucoup vu. »

Dans la cabine, Chance jeta un coup d'œil au petit poste de télé portable encastré dans un des panneaux. Le talk-show THIS EVENING continuait de plus belle. L'animateur parlait à présent à un autre invité, un chanteur barbu et, une fois de plus, Chance entendit prononcer son nom.

À l'étage, Chance fut accueilli par la secrétaire de Rand.

« Excellente prestation ! s'exclama la femme. Jamais je n'ai vu quelqu'un aussi à l'aise et naturel. Dieu merci, le pays compte encore des hommes comme vous. Au fait, Mr Rand vous a vu à la télévision et, même s'il ne se sent pas très bien, il a insisté pour que vous montiez le voir. »

Chance s'exécuta et se dirigea vers la chambre de Rand.

« Chauncey ! dit Rand qui essayait avec difficulté de se soulever dans son immense lit. Laissez-moi vous féliciter chaleureusement ! Votre intervention était remarquable, vraiment remarquable. J'espère que tout le pays vous a regardé. »

Il lissa sa couverture.

« Vous avez le don inestimable de... de rester naturel, et cela, mon cher ami, est un talent exceptionnel, la marque incontestable d'un chef. Vous avez été fort et franc et, pourtant, jamais moralisateur et jamais pédant. Tout ce que vous disiez allait droit au but. »

Les deux hommes se regardèrent en silence.

« Chauncey, mon cher ami, reprit Rand d'un ton grave, presque déférent, il vous intéressera d'apprendre qu'EE est la présidente du Comité d'Accueil des Nations Unies. Elle doit assister à la réception de l'ONU qui aura lieu demain. Dans la mesure où je ne serai pas en état de l'accompagner, j'aimerais que vous me remplaciez. Vos paroles seront encore présentes dans tous les esprits et je sais que nombre de personnes seront ravies de faire votre connaissance. Vous voudrez bien l'accompagner, n'est-ce pas ?

— Oui, bien sûr. Je serai heureux d'accompagner EE. »

L'espace d'un instant, le visage de Rand perdit ses contours, comme si son corps se glaçait. Il s'humecta les lèvres, ses yeux scrutaient sans fin la pièce, puis ils revinrent se fixer sur Chance.

« Merci, Chauncey. Et... à propos, continua-t-il d'un ton calme, s'il devait m'arriver quelque chose, prenez soin d'elle, je vous prie. Elle a besoin de quelqu'un comme vous... vraiment. »

Ils se serrèrent la main et se dirent au revoir.

Chance regagna sa chambre.

***

Dans l'avion qui la ramenait de Denver à New York, EE ne pouvait détacher sa pensée de Chance. Elle s'efforçait de remonter le fil conducteur des événements de ces derniers jours. Elle se souvenait qu'au moment de l'accident, lorsqu'elle l'avait vu pour la première fois, il ne paraissait pas surpris ; son visage était sans expression, ses manières calmes et détachées. Il se comportait comme s'il s'était attendu à l'accident, à la douleur, et même à leur rencontre.

Deux jours s'étaient écoulés et elle ne savait toujours pas qui il était ni d'où il venait. Il évitait soigneusement de parler de lui. La veille, pendant que les domestiques mangeaient à la cuisine et que Chance dormait, elle avait minutieusement examiné toutes ses affaires, mais sans découvrir le moindre document : ni chéquier, ni argent, ni carte de crédit ; elle n'avait pas même trouvé un vieux ticket de théâtre. C'était étrange de partir ainsi en voyage. Assurément, ses affaires personnelles avaient dû être confiées à un agent d'affaires ou à une banque qui demeurait à sa disposition. Car manifestement, il jouissait d'une certaine aisance. Ses complets étaient coupés sur mesure dans des tissus raffinés ; ses chemises, en soie extrêmement fine, étaient cousues main, tout comme ses chaussures étaient faites des peaux les plus souples. Sa valise était presque neuve, bien que son aspect et ses serrures soient quelque peu démodés.

À plusieurs reprises, elle avait essayé de le questionner sur son passé. Il s'était retranché derrière l'une ou l'autre de ses comparaisons favorites empruntées à la télévision ou à la nature ; elle supposait qu'il avait subi des revers en affaires, une faillite peut-être – si fréquentes de nos jours – , à moins qu'il ne s'agisse d'une femme dont il devait faire le deuil de l'amour. Peut-être avait-il décidé de quitter brusquement une femme sur un coup de tête, et il se demandait s'il ne devait pas rentrer ? Quelque part, dans le pays, il existait la communauté dans laquelle il avait vécu, un lieu où se trouvaient son foyer, ses affaires, son passé.

Il n'avait laissé échapper aucun nom, pas plus qu'il n'avait mentionné des lieux ou des événements. En fait, EE ne se rappelait pas avoir jamais rencontré un être qui semblait ne dépendre que de lui-même. Les manières de Mr Jardin seules révélaient une assurance dans les relations mondaines et une aisance financière.

Elle ne parvenait pas à décrire les sentiments qu'il éveillait en elle. Elle était consciente du fait que ses pulsations augmentaient dès qu'elle se trouvait près de lui ; consciente aussi de son image dans ses pensées et de la difficulté qu'elle éprouvait à lui parler sur un ton distant et calme. Elle voulait le connaître et s'abandonner à cette connaissance. Sa personnalité était si riche, si multiple ! Pourtant, elle était incapable de bien décrypter ses agissements et, pendant un bref instant, elle eut peur de lui. Dès le début, elle avait remarqué le soin méticuleux avec lequel il s'assurait que rien de ce qu'il disait, à elle ou à n'importe qui d'autre, ne soit suffisamment précis pour révéler ce qu'il pensait d'elle, ou des autres, ou même de n'importe quoi.

Mais contrairement aux autres hommes avec lesquels elle partageait une intimité, Jardin ne l'encourageait pas plus qu'il ne la repoussait. La pensée de le séduire, de lui faire perdre sa contenance, l'excitait. Plus il se refermait sur lui-même, plus elle souhaitait qu'il la regarde, qu'il accepte son désir, qu'il reconnaisse en elle une amante dévouée et experte. Elle se voyait en train de lui faire l'amour – abandonnée, impudique, sans la moindre retenue, ni réserve.

Ce soir-là, elle arriva tard à la maison et appela Chance pour lui demander si elle pouvait venir le rejoindre dans sa chambre. Il ne refusa pas.

Elle paraissait fatiguée.

« Je suis désolée d'avoir été obligée de m'absenter. J'ai manqué votre prestation à la télévision… et vous m'avez manqué », murmura-t-elle d'une voix mal assurée.

Elle s'assit sur le bord du lit ; Chance s'écarta pour lui laisser plus de place.

Elle repoussa ses cheveux qui lui tombaient sur le front et, tout en le dévisageant tranquillement, lui posa la main sur le bras.

« Je vous en prie, ne me fuyez pas… Je vous en prie ! »

Elle était assise immobile, la tête appuyée sur l'épaule de Chance.

Chance était désorienté : il n'y avait aucun endroit où s'enfuir. Il fouilla dans sa mémoire, cherchant à se rappeler des situations analogues à la télé où une femme se rapprochait d'un homme sur un divan ou sur un lit, ou à l'intérieur d'une voiture. Généralement, au bout d'un moment, ils se rapprochaient tout près l'un de l'autre ; ils étaient souvent partiellement déshabillés. Alors, ils s'embrassaient, s'enlaçaient. Mais à la télé, ce qui advenait par la suite était toujours laissé dans le noir : une toute nouvelle image apparaissait sur l'écran : l'étreinte de l'homme et de la femme était totalement oubliée. Et pourtant, Chance le savait, il pouvait y avoir d'autres gestes et d'autres espèces de rapprochements après une telle promiscuité. Chance avait un vague souvenir d'un travailleur qui, des années auparavant, venait dans la maison du Vieil Homme pour l'entretien de la chaufferie. À plusieurs reprises, après avoir terminé son travail, il était sorti dans le jardin pour boire une bière. Un jour, il avait montré à Chance une série de petites photographies représentant un homme et une femme entièrement nus ; sur l'une de ces photos, la femme tenait dans sa main l'organe anormalement long et gros de l'homme. Sur une autre, l'organe s'était perdu entre ses jambes.

Tandis que l'homme parlait des photographies et de ce qu'elles représentaient, Chance les avait examinées de près. Les images sur papier avaient quelque chose de vaguement troublant. À la télévision, il n'avait jamais vu les parties cachées démesurément agrandies, de la femme et de l'homme, ni ces étreintes bizarres. Après le départ du travailleur, Chance s'était penché pour examiner son propre corps. Son sexe était petit et flasque ; il ne saillait pas le moins du monde. L'homme avait insinué que, dans cet organe, poussaient des graines qui se projetaient en une giclée quand l'homme prenait son plaisir. Chance avait beau palper et masser son organe, il ne sentait rien ; même aux premières heures du matin, quand il se réveillait et que son organe lui paraissait souvent plus volumineux, il refusait de devenir dur ; il ne lui procurait aucun plaisir.

À partir de ce moment-là, Chance s'était efforcé de comprendre quel rapport existait – en admettant qu'il y en eût un – entre les parties intimes d'une femme et la naissance d'un enfant. Dans certaines émissions télévisées, consacrées aux médecins, aux hôpitaux et aux opérations, Chance avait souvent eu l'occasion de voir des images évoquant le mystère de la naissance : les douleurs et le supplice de la mère, la joie du père, le corps rose et humide du nouveau-né. Mais il n'avait jamais vu d'émission expliquant pourquoi certaines femmes avaient des enfants et d'autres pas. À plusieurs reprises, Chance avait été tenté de questionner Louise à ce sujet, mais il n'avait su que s'abstenir. À la place, pendant un certain temps, il se contenta de regarder la télé avec plus d'attention. Finalement, toute cette histoire disparut de son esprit.

EE s'était mise à caresser sa chemise. Sa main était chaude ; elle lui effleurait maintenant le menton. Chance ne bougea pas.

« Je suis sûre… murmura EE. Vous devez… Vous savez que je ne demanderais pas mieux… enfin… que vous et moi soyons beaucoup plus proches… »

Soudain, elle se mit à pleurer doucement, comme une enfant. Elle sanglota, sortit un mouchoir et se moucha, s'essuya les yeux mais sans cesser de verser des larmes.

Chance supposa qu'il était responsable de son chagrin d'une façon quelconque, mais il ne savait pas comment. Il mit son bras autour de EE. Comme si elle n'attendait que ce contact, elle s'appuya lourdement contre lui, et tous deux tombèrent à la renverse sur le lit.

EE se pencha sur sa poitrine, lui balayant le visage de ses cheveux. Elle lui embrassa le cou et le front ; elle lui embrassa les yeux et les oreilles. Ses larmes mouillaient sa peau et Chance pouvait respirer son parfum, sans cesser de se demander ce qu'il convenait de faire. Et voilà que la main d'EE atteignait sa taille ; il sentit les doigts explorer ses cuisses. Au bout d'un moment, la main se retira. EE ne pleurait plus ; elle demeurait tranquillement étendue à côté de lui, calme et paisible.

« Je vous suis reconnaissante, Chauncey, murmura-t-elle. Vous êtes un homme capable de se contenir. Vous savez qu'à la moindre de vos caresses, rien qu'une seule caresse, je m'abandonnerais à vous. Mais vous ne voulez pas profiter de la situation. »

Elle réfléchit.

« Par certains côtés, vous n'êtes pas vraiment un Américain. Vous êtes plutôt un Européen, vous le savez, n'est-ce pas ? »

Elle sourit.

« Contrairement aux hommes que j'ai connus, voyez-vous, vous n'avez pas recours à ces ruses mesquines, si courantes parmi les amants américains. Tous ces attouchements, ces baisers, ces chatouillis, ces caresses, ces étreintes : trop de manœuvres dont le but est à la fois craint et désiré. »

Elle marqua une pause.

« Savez-vous que vous êtes en réalité très intelligent, très cérébral, Chauncey ; que vous désirez conquérir une femme pour ce qu'elle est, que vous désirez lui inspirer le besoin, le désir et la soif de votre amour ? »

Chance fut bouleversé quand il l'entendit dire qu'il n'était pas vraiment Américain. Pourquoi disait-elle cela ? À la télé, il avait vu souvent des hommes et des femmes sales, chevelus, bruyants, qui se déclaraient ouvertement anti-américains, ou étaient déclarés comme tels par la police, par des fonctionnaires du gouvernement et des hommes d'affaires bien habillés, des gens bien qui, eux, se proclamaient Américains. À la télé, ces affrontements se terminaient souvent dans la violence, les effusions de sang et la mort.

EE se leva et remit de l'ordre dans ses vêtements. Elle le regarda ; il n'y avait pas d'animosité dans ses yeux.

« Autant vous l'avouer, Chauncey, dit-elle. Je crois que je suis amoureuse de vous. Je vous aime et je vous veux. Et je sais que vous le savez et je vous suis reconnaissante d'avoir décidé d'attendre jusqu'à… jusqu'à… »

Elle chercha, mais ne put trouver ses mots. Elle quitta la pièce. Chance se leva et se lissa les cheveux. Il s'assit derrière le bureau et alluma la télé. Instantanément une image apparut.

V

C'était jeudi. Dès qu'il ouvrit les yeux, Chance alluma la télé, avant d'appeler la cuisine pour son petit-déjeuner.

La femme de chambre apporta le plateau du petit-déjeuner préparé avec soin. Elle lui apprit que Mr Rand avait eu une rechute, que deux nouveaux médecins avaient été appelés et n'avaient pas quitté son chevet depuis minuit. Elle tendit à Chance une pile de journaux et une note dactylographiée. Chance ignorait qui avait envoyé le billet.

Il finissait à peine son petit-déjeuner quand EE appela.

« Chauncey, mon chéri, avez-vous reçu mon mot ? Et avez-vous lu les journaux de ce matin ? demanda-t-elle. On vous décrit comme l'une des principales influences du discours politique du Président. Et vos propres commentaires dans le talk-show THIS EVENING figurent à côté de ceux du Président ! Oh, Chauncey, vous avez été merveilleux ! Vous avez réussi à épater le président lui-même !

— J'aime bien le Président, dit Chance.

— Il paraît que vous avez été absolument éblouissant à la télé ! Toutes mes amies veulent vous rencontrer. Chauncey, vous êtes toujours disposé à venir avec moi à la réception des Nations Unies cet après-midi ?

— Oui. Je serai heureux d'y aller.

— Vous êtes un amour. J'espère que vous ne trouverez pas tous ces chichis trop ennuyeux. Nous n'aurons pas besoin de rester longtemps. Après la réception, nous pourrons aller chez des amis si vous le désirez ; ils donnent un grand dîner.

— Je serai content d'aller avec vous.

— Oh ! Je suis si heureuse ! s'exclama EE. Elle baissa la voix pour dire : Puis-je venir vous voir ? Vous m'avez tellement manqué...

— Oui, bien sûr. »

***

Elle pénétra dans la chambre, les joues rouges.

« Il faut que je vous dise quelque chose qui est très important pour moi, et je dois vous en parler en vous regardant en face, dit-elle, le souffle court, cherchant ses mots. Je me demande si vous pourriez envisager de rester avec nous, Chauncey, tout au moins pour quelque temps. C'est une invitation de Ben autant que la mienne. »

Elle n'attendit pas sa réponse :

« Pensez-y ! Vous pouvez vivre dans cette maison, avec nous ! Oh, Chauncey, je vous en prie, ne dites pas non ! Benjamin est si malade ; il dit qu'il se sent beaucoup plus serein en vous sachant sous le même toit. »

Elle lui jeta les bras autour du cou et se pressa avec insistance contre lui.

« Chauncey, mon chéri, il le faut, il le faut », murmura-t-elle. Elle ne cherchait pas à dissimuler les trémolos de sa voix.

Chance accepta.

EE l'étreignit et l'embrassa sur la joue ; puis elle s'écarta et se mit à marcher de long en large dans la pièce.

« J'arrête de te vouvoyer maintenant ! Je sais ! Nous devons te trouver une secrétaire. Maintenant que tu es devenu une personne en vue, il te faut une personne expérimentée pour t'aider dans tes affaires, filtrer les personnes qui te demandent, te protéger de ceux à qui tu ne désires pas parler ou ne pas rencontrer. Peut-être as-tu pensé à quelqu'un... ? Une personne qui aurait travaillé avec toi autrefois ?

— Non, répondit Chance. Il n'y a personne.

— Alors, je vais me mettre à la recherche de quelqu'un immédiatement », annonça-t-elle d'une voix rauque.

Avant le déjeuner, alors que Chance regardait la télé dans sa chambre, EE l'appela.

« Chauncey, j'espère que je ne te dérange pas, dit-elle d'un ton mesuré. Mais j'aimerais te présenter Mrs Aubrey ; elle est ici, avec moi, dans la bibliothèque. Elle désire se présenter pour le poste de secrétaire intérimaire jusqu'à ce que nous ayons trouvé quelqu'un de permanent. Peux-tu la voir maintenant ?

— Oui, je peux », dit Chance.

Chance, en entrant dans la bibliothèque, vit une femme aux cheveux gris, assise sur le sofa auprès d'EE.

EE fit les présentations.

Chance lui serra la main et s'assit. Sous le regard inquisiteur de Mrs Aubrey, il se mit à pianoter sur le bureau.

« Mrs Aubrey a été pendant des années la secrétaire de confiance de Mr Rand à la First American Financial Corporation, déclara EE.

— Ah, répondit Chance.

— Mrs Aubrey n'a pas envie de prendre sa retraite, elle est de celles qui n'y songent pas. »

Chance n'avait rien à dire. Il se frotta la joue du bout du pouce. EE réajusta son bracelet-montre qui venait de glisser sur sa main.

« Si tu le désires, Chauncey, poursuivit EE, Mrs Aubrey pourrait se rendre libre immédiatement…

— Bien, dit-il enfin. J'espère que Mrs Aubrey sera heureuse de travailler ici. C'est une bonne maison. »

EE chercha son regard par-dessus le bureau.

« Dans ce cas, c'est entendu, conclut-elle. Maintenant, il faut que je me dépêche. Je dois m'habiller pour la réception. Je te dis à plus tard Chauncey. »

Chance observa Mrs Aubrey. Elle avait tourné la tête de côté et paraissait presque pensive. Elle ressemblait à un pissenlit solitaire.

Elle lui plaisait. Il ne savait pas quoi dire. Il attendit que Mrs Aubrey prenne la parole. Finalement, elle croisa son regard et dit d'une voix douce :

« Nous pourrions peut-être commencer… Si vous vouliez bien m'expliquer en quelques mots la nature de vos affaires et de vos obligations mondaines…

— Parlez-en à Mrs Rand, je vous prie», répondit Chance en se levant.

Mrs Aubrey se mit debout prestement.

«Je comprends parfaitement, dit-elle. De toute façon. Monsieur, je suis à votre disposition. J'occupe le bureau contigu à celui de la secrétaire particulière de Mr Rand.

— Merci encore», dit Chance et il quitta la pièce.

***

À la réception des Nations Unies, les membres du Comité d'Accueil reçurent Chance et EE pour les escorter jusqu'à l'une des tables les plus en vue. Le Secrétaire Général s'approcha d'eux; il fit un baisemain à EE et s'enquit de la santé de Rand. Chance ne se rappelait pas avoir vu cet homme à la télé.

«Voici Mr Chauncey Jardin, un très cher ami de Benjamin», annonça EE au Secrétaire Général.

Les deux hommes se serrèrent la main.

«Je connais ce monsieur, déclara le Secrétaire, toujours souriant. J'ai beaucoup admiré Mr Jardin hier soir à la télévision. Votre présence nous honore, Monsieur.»

Ils s'assirent; des serveurs arrivèrent avec des canapés de caviar, de saumon fumé, d'œufs, et des plateaux remplis de coupes de champagne; les photographes tournaient autour des tables en les aveuglant avec leur flash. Un homme grand, élégant, s'approcha de la table. À sa vue, le Secrétaire Général se leva d'un bond.

« Monsieur l'Ambassadeur, comme c'est aimable à vous d'être venu ! » s'écria-t-il.

Il se tourna vers EE.

« J'ai l'honneur de vous présenter Son Excellence Vladimir Skrapinov, Ambassadeur de l'Union des Républiques Socialistes Soviétiques.

— Monsieur l'Ambassadeur et moi avons déjà eu le plaisir de nous rencontrer, n'est-ce pas, dit EE en souriant. Je me rappelle un échange assez enflammé entre Mr Rand et l'Ambassadeur Skrapinov, il y a deux ans à Washington. »

Elle marqua un temps.

« Malheureusement, Mr Rand est souffrant et a dû renoncer au plaisir de vous rencontrer aujourd'hui. »

L'Ambassadeur s'inclina et salua chaleureusement, s'assit et entama une conversation animée avec EE et le Secrétaire Général. Chance s'enfonça dans un silence, dévisageant la foule. Au bout d'un moment, le Secrétaire Général se leva ; il répéta à Chance tout le plaisir qu'il avait eu à faire sa connaissance, prit congé, et s'éloigna. EE aperçut son vieil ami, l'Ambassadeur du Venezuela, qui passait. Elle s'excusa et alla le rejoindre.

L'Ambassadeur d'URSS rapprocha sa chaise de celle de Chance ; les flashes des photographes crépitèrent.

« Je suis désolé que nous n'ayons pas eu l'occasion de nous rencontrer plus tôt, dit-il. Je vous ai vu dans THIS EVENING et je dois avouer que j'ai écouté avec beaucoup d'intérêt votre philosophie concrète. Je ne suis aucunement surpris que le Président l'ait si rapidement reprise à son compte. »

Il rapprocha sa chaise encore plus près.

« Dites-moi, Mr Jardin, comment va notre ami commun Benjamin Rand ? J'ai entendu dire que sa maladie est fort sérieuse. Je n'ai pas voulu embarrasser Mrs Rand avec des questions.

— Il est malade, dit Chance. Il n'est pas bien du tout.

— C'est ce que j'ai cru comprendre, c'est ce que j'ai entendu, acquiesça l'Ambassadeur en regardant Chance avec insistance. Mr Jardin, je vais vous parler franchement. Étant donné la situation critique de l'économie de votre pays, il semble évident que vous êtes appelé à jouer un rôle important dans l'administration. J'ai perçu chez vous certaines... réticences concernant des options politiques. Mais après tout, Mr Jardin... ne devrions-nous pas nous réunir plus souvent, nous, les diplomates, et vous, les hommes d'affaires ? Nous ne sommes pas si éloignés les uns des autres. Non ? »

Chance se passa la main sur le front.

« Nous ne le sommes pas, dit-il. Nos chaises se touchent presque. »

L'Ambassadeur éclata de rire. Les photographes mitraillèrent.

« Bravo ! Excellent ! s'exclama l'Ambassadeur. Nos chaises se touchent presque, en effet ! Et... comment dire... nous souhaitons tous deux, rester assis dessus, n'est-ce pas ? Aucun de nous ne désire voir notre chaise nous être retirée brusquement, n'ai-je pas raison ? N'est-ce pas vrai ? Parfait ! Excellent ! Parce que si l'un de nous bascule, l'autre suivra et vlan, nous nous retrouverons tous deux dans la chute, et personne n'a envie de disparaître avant l'heure, n'est-ce pas ? »

Chance sourit et, une fois de plus, l'Ambassadeur éclata de rire.

Soudain, Skrapinov se pencha vers lui.

« Dites-moi, Mr Jardin, est-ce que par hasard, vous aimeriez les fables de Krylov ? Je vous pose cette question parce qu'il y a quelque chose de Krylov[2] dans votre façon de vous exprimer. »

Chance regarda autour de lui et s'aperçut qu'on était en train de les filmer lui et Skrapinov.

« Quelque chose de Krylov ? Vraiment ? demanda-t-il en souriant.

— J'en étais sûr ! J'en étais sûr ! »

C'est tout juste si Skrapinov ne hurla pas.

« Ainsi, vous connaissez Krylov ! »

L'Ambassadeur s'interrompit, puis il parla rapidement dans une autre langue. Les sons en étaient doux et les traits de Skrapinov ressemblèrent soudain à un animal. Chance à qui on ne s'était jamais adressé dans une langue étrangère leva un sourcil et éclata de rire. L'Ambassadeur parut surpris.

« Tiens, tiens… Ainsi, je ne me trompais pas, n'est-ce pas ? Vous connaissez votre Krylov en russe ! Mr Jardin, je dois vous avouer que, dès le début, je m'en suis douté. Je sais reconnaître un homme cultivé quand j'en rencontre un ! »

Chance voulut le détromper, mais l'Ambassadeur cligna des yeux d'un air entendu.

« J'apprécie votre discrétion, cher ami », dit-il.

---

2. Ivan Krylov (1769-1809), écrivain et fabuliste russe apprécié pour ses satires.

À nouveau, il s'adressa à Chance dans une langue étrangère ; cette fois, Chance ne réagit pas.

EE revint à la table à ce moment précis, accompagnée de deux diplomates qu'elle présenta comme Monsieur le Député Gaufridi, de Paris, et Son Excellence le Comte von Brockburg-Schulendorff, d'Allemagne Fédérale.

« Benjamin et moi, se rappela-t-elle, avons eu le plaisir de rendre visite au Comte dans son très vieux château près de Munich… »

Les deux hommes prirent place et les photographes continuèrent à mitrailler. Souriant, Von Brockburg-Schulendorff attendait que le Russe prenne la parole. Skrapinov lui rendit son sourire. Le regard de Gaufridi allait d'EE à Chance.

« Mr Jardin et moi partageons le même enthousiasme pour les fables russes, commença Skrapinov. Il semble que Mr Jardin soit un fervent lecteur et un admirateur de notre poésie qu'il, soit dit en passant, est capable de lire dans le texte. »

L'Allemand approcha sa chaise de Chance.

« Mr Jardin, laissez-moi vous dire combien j'ai admiré l'approche naturaliste avec laquelle vous avez abordé la politique et l'économie à la télévision. Évidemment, maintenant que je sais que vous avez un bagage littéraire, j'ai l'impression de pouvoir mieux comprendre vos remarques. »

Il regarda l'Ambassadeur, puis il leva les yeux au plafond.

« La littérature russe a inspiré certains des plus grands esprits de notre époque.

— Sans parler de la littérature allemande, s'exclama Skrapinov. Mon cher Comte, puis-je vous rappeler l'admiration que Pouchkine a vouée tout au long de sa vie à la littérature de votre pays ? Rappelez-vous qu'après qu'il eut traduit Faust en russe, Goethe lui a envoyé sa propre plume en hommage. Je ne parle pas de Tourgueniev qui s'installa en Allemagne ni de l'amour de Tolstoï et de Dostoïevski pour Schiller. »

Von Brockburg-Schulendorff hocha la tête.

« Oui, mais peut-on estimer à sa juste valeur l'influence exercée par les maîtres russes sur Hauptmann, Nietzsche et Thomas Mann ? Et prenons Rilke : combien de fois, celui-ci a-t-il déclaré que ce qui était anglais lui était étranger, alors que ce qui était russe était la terre de ses ancêtres… ? »

Gaufridi vida promptement son verre de champagne. Il avait le visage congestionné. Il se pencha par-dessus la table en direction de Skrapinov.

« Quand nous nous sommes rencontrés pour la première fois au cours de la Seconde Guerre mondiale, nous étions l'un et l'autre vêtus de nos uniformes de soldats, dit le Français. Nous luttions contre l'ennemi commun, l'ennemi le plus cruel que nos pays n'aient jamais connu dans toute leur histoire. Partager les influences littéraires est une chose, partager le sang en est une autre. »

Skrapinov esquissa un sourire.

« Mais M. Gaufridi, vous évoquez le temps de guerre, dit-il. Bien des années se sont écoulées ; il y a de cela très longtemps. Aujourd'hui, nos uniformes et décorations sont exposés dans les musées. Aujourd'hui, nous… nous sommes les soldats de la paix. »

Il avait à peine achevé sa phrase que von Brockburg-Schulendorff dit qu'il devait partir ; il se leva promptement, poussa sa chaise, fit un baisemain à EE, serra la main de Skrapinov et de Chance et, après s'être incliné en direction du Français, s'éloigna. Les photographes se dispersèrent.

EE changea de place avec Gaufridi afin que ce dernier puisse se rapprocher de Chance.

« Mr Jardin... commença le député doucement, comme si rien ne s'était produit. J'ai entendu le discours du Président dans lequel il faisait allusion à l'entretien qu'il avait eu avec vous. J'ai lu beaucoup de choses à votre sujet et j'ai aussi eu le plaisir de vous regarder à la télévision. »

Il alluma une longue cigarette qu'il avait minutieusement glissée dans un fume-cigarette.

« Les propos de l'Ambassadeur Skrapinov m'ont appris qu'en plus de vos nombreuses qualifications, vous êtes aussi un homme de lettres. »

Il dévisagea Chance avec perspicacité.

« Mon cher Mr Jardin, ce n'est qu'en... acceptant les fables comme des vérités parfois que nous pouvons avancer un peu plus loin sur le chemin du pouvoir et de la paix... »

Chance leva son verre.

« Je ne vous surprendrai pas, reprit le Français, en vous disant que nombre de nos industriels, financiers et membres du gouvernement portent un très vif intérêt à l'évolution de la First American Financial Corporation. Depuis la maladie de notre ami commun, Benjamin, les objectifs poursuivis par la Corporation leur ont été quelque peu... disons... entravés. »

Il s'interrompit, mais Chance resta coi.

« Nous sommes heureux d'apprendre que vous pourriez prendre la succession de Rand, au cas où Benjamin ne se remettrait pas...

— Benjamin se remettra, assura Chance. Le Président l'a dit.

— Espérons-le, déclara le Français. Espérons-le. Et pourtant, aucun de nous, pas même le Président, ne peut en être certain. La mort rôde alentour, toujours prête à terrasser… »

Gaufridi fut interrompu par le départ de l'Ambassadeur soviétique. Tout le monde se leva. Skrapinov s'approcha de Chance.

« Une rencontre des plus intéressantes, Mr Jardin, dit-il doucement. Très enrichissante. Si par hasard vous veniez dans notre pays, mon gouvernement serait très honoré de vous offrir l'hospitalité. »

Il serra longuement la main de Chance pendant que les caméras faisaient tourner les bobines et que les photographes prenaient des clichés.

Gaufridi s'assit à la table avec Chance et EE.

« Chauncey, vous avez réellement produit une forte impression sur notre ami russe d'habitude si guindé ! dit EE. Quel dommage que Benjamin n'ait pu venir… il aime tant parler politique ! »

EE approcha sa tête de Chance.

« Inutile d'en faire un mystère, vous parliez russe avec Skrapinov. J'ignorais que vous connaissiez cette langue ! C'est incroyable ! »

Gaufridi marmonna :

« Il est extrêmement utile de parler russe de nos jours. Pratiquez-vous d'autres langues, Mr Jardin ?

— Mr Jardin est un homme modeste, lança EE Il ne fait pas étalage de ses connaissances. Il garde son savoir pour lui ! »

Un homme de haute taille s'approcha pour présenter ses hommages à EE : Lord Beauclerk, président de la British Broadcasting Company. Il se tourna vers Chance.

« J'ai vivement apprécié le ton direct de votre déclaration à la télévision. Vraiment très habile de votre part, vraiment très habile ! Il est inutile d'en faire trop, n'est-ce pas ? En tout cas, en ce qui concerne ce gros animal qu'est le public. Après tout, c'est ce qu'ils demandent : Un Dieu sur lequel se défouler, pas un type avec les mêmes défauts qu'eux. N'est-ce pas ? »

Au moment de partir, ils se virent entourés par une nuée d'hommes équipés de magnétophones, de caméras de cinéma et de télévision. EE les présenta successivement à Chance. L'un des plus jeunes journalistes s'avança :

« Auriez-vous l'amabilité de répondre à quelques questions, Mr Jardin ? »

EE s'interposa.

« Mettons les choses au point immédiatement, dit-elle. Vous ne pouvez pas le retenir trop longtemps. Mr Jardin est attendu ailleurs. D'accord ? »

Un reporter s'écria :

« Que pensez-vous de l'éditorial consacré au discours du Président dans le *New York Times* ? »

Chance se tourna vers EE, mais elle lui rendit son regard interrogateur. Il se devait de dire quelque chose.

« Je ne l'ai pas lu, déclara-t-il.

— Vous n'avez pas lu l'éditorial du *Times* sur l'allocution du Président ?

— Non », dit Chance.

Plusieurs journalistes échangèrent des regards narquois. EE dévisagea Chance avec un étonnement affectueux, transformé en une admiration croissante.

« Mais, Monsieur, insista froidement l'un des reporters. Vous devez au moins l'avoir parcouru.

— Je n'ai pas lu le *Times*, répéta Chance.

— Le Post parle de la "forme très *spéciale* de votre optimisme", dit un autre journaliste. Avez-vous lu cette phrase ?

— Non, je ne l'ai pas lue non plus.

— Enfin, insista le reporter, quel commentaire vous inspire la phrase « forme très spéciale d'optimisme » ?

— Je ne sais pas ce que cela veut dire », répliqua Chance.

EE s'avança fièrement.

« Mr Jardin a beaucoup de responsabilités, surtout depuis que Mr Rand est souffrant, dit-elle. Il prend connaissance de la presse à travers les comptes rendus de son secrétariat. »

Un journaliste plus âgé s'avança.

« Vous m'excuserez d'insister, Mr Jardin, mais j'aimerais néanmoins connaître le nom des journaux que vous "lisez", pour ainsi dire, par l'intermédiaire des comptes rendus de votre secrétariat.

— Je ne lis aucun journal, déclara Chance. Je regarde la télé. »

Les journalistes restèrent silencieux, gênés.

« Voulez-vous dire par là, demanda finalement l'un d'eux, que la manière de traiter l'information à la télévision est plus objective que celle de la presse ?

— Comme je vous l'ai dit, je regarde la télé », expliqua Chance.

Le journaliste plus âgé se détourna à demi.

« Merci, Mr Jardin, dit-il. Merci pour la déclaration la plus sincère probablement depuis bien des années venant d'un personnage public. Rare sont les hommes politiques qui lisent les journaux, mais aucun d'eux n'a le culot de l'admettre ! »

Au moment où EE et Chance gagnaient la sortie, une jeune photographe les dépassa.

« Je suis désolée de vous poursuivre, Mr Jardin, dit-elle, hors d'haleine. Mais puis-je prendre une dernière photo de vous, vous êtes très photogénique, vous savez ! »

Chance lui sourit poliment ; EE esquissa un mouvement de recul. Son irritation surprit Chance. Il ne savait pas ce qui l'avait contrariée.

***

Le Président parcourut rapidement la revue de presse de la veille. Tous les journaux importants reproduisaient le texte de son allocution au Financial Institute of America et mentionnaient ses remarques à propos de Benjamin Rand et de Chauncey Jardin. Il vint à l'esprit du Président qu'il devrait en savoir davantage sur Jardin.

Il appela sa secrétaire particulière et lui demanda de rassembler tous les renseignements disponibles sur Jardin. Plus tard, entre deux audiences, il la convoqua à son bureau.

Le Président prit le dossier qu'elle lui tendait. Il l'ouvrit, trouva un rapport complet sur Rand, qu'il écarta immédiatement, une brève interview du chauffeur de Rand donnant des détails sur l'accident de Jardin et une transcription des remarques de Jardin lors de l'émission de THIS EVENING.

« Il semble qu'il n'y ait aucun autre renseignement, Monsieur le Président, dit la secrétaire après hésitation.

— Tout ce dont j'ai besoin ce ne sont que les renseignements habituels indispensables avant d'inviter qui que ce soit à la Maison-Blanche ; c'est tout. »

La secrétaire remuait, mal à l'aise.

« J'ai bien consulté nos sources habituelles. Monsieur le Président, mais elles ne semblent rien posséder sur Mr Chauncey Jardin. »

Le Président fronça les sourcils et dit d'un ton glacial :

« Je présume que, comme nous tous, Mr Chauncey Jardin est né de quelques parents, qu'il a été élevé en quelques lieux, qu'il a noué quelques relations et que, comme nous tous, il a contribué par ses impôts à la richesse de la nation. Tout comme sa famille, j'en suis persuadé. Contentez-vous de me fournir des renseignements de base, je vous prie. »

La secrétaire parut gênée.

« Je suis désolée, Monsieur le Président. Mais j'ai été incapable de trouver autre chose que ce que je viens de vous remettre. Je le répète, j'ai essayé toutes nos sources habituelles.

— Vous voulez dire, murmura d'un ton grave le Président en désignant le dossier avec insistance, que c'est là tout ce qu'ils ont glané sur lui ?

— Exactement, Monsieur.

— Dois-je comprendre qu'aucun de nos services de renseignements ne possède la moindre information sur un homme avec lequel j'ai passé une demi-heure face à face et dont j'ai cité le nom et les paroles dans mon discours ? Avez-vous par hasard consulté le Bottin mondain ? Et, pour l'amour de Dieu, si cela n'a rien donné, essayez donc l'annuaire téléphonique de Manhattan ! »

La secrétaire émit un rire nerveux.

« Je vais continuer mes recherches. Monsieur.

— Je vous serais reconnaissant de le faire. »

La secrétaire quitta la pièce et le Président saisit son agenda et griffonna en marge : *Jardin* ?

***

Dès qu'il eut quitté la réception des Nations Unies, l'Ambassadeur Skrapinov prépara un rapport secret sur Jardin. Chauncey Jardin, soutenait-il, était subtil et très cultivé. Il mit l'accent sur la connaissance de la langue et de la littérature russes et voyait en lui « le porte-parole de ces milieux d'affaires américains qui, étant donné la récession et l'agitation sociale de plus en plus sérieuses, se complaisent à maintenir leur statu quo menacé, même au prix de concessions politiques et économiques envers le bloc soviétique ».

Arrivé à son bureau à la Mission Soviétique des Nations Unies, l'Ambassadeur appela son ambassade à Washington et parla au chef de la Section Spéciale. Il réclama, en priorité absolue, tous les renseignements possibles sur Jardin : il désirait des détails sur sa famille, ses études, ses amis et ses associés, ses relations avec Rand, et il tenait à découvrir la véritable raison qui avait poussé le Président à le choisir lui plutôt que tous ses conseillers économiques. Le chef de la Section Spéciale promit de lui rendre un dossier complet dès le lendemain matin.

Ensuite, l'Ambassadeur supervisa personnellement la préparation de petits paquets cadeaux à faire porter à Jardin et à Rand. Chaque envoi contenait plusieurs livres de caviar Béluga et des bouteilles de vodka russe d'une distillation spéciale. Il ajouta au colis pour Jardin une édition originale rare des *Fables* de Krylov qu'il possédait, annotée sur de nombreuses pages de la main de l'auteur. Ce volume avait fait l'objet d'une saisie dans la collection particulière d'un membre juif de l'Académie des Sciences de Leningrad, récemment arrêté.

Plus tard, alors qu'il se rasait, l'Ambassadeur se résolut à courir un risque : il décida de mentionner le nom de Jardin dans le discours qu'il devait prononcer ce soir-là au Congrès International des Chambres de Commerce, tenant ses assises à Philadelphie. Il introduisit dans son discours, déjà approuvé par ses supérieurs de Moscou, un paragraphe dans lequel il saluait l'apparition aux États-Unis de « ces hommes d'État clairvoyants – personnifiés entre autres par Mr Chauncey Jardin – qui ont pleinement conscience que si les chefs de l'opposition ne bougent pas les chaises sur lesquelles ils se cramponnent, tous les sièges leur seront retirés brutalement par les rapides changements sociaux et politiques. »

Le discours de Skrapinov fit un malheur. L'allusion à Jardin fut relevée par les principaux organes d'information. À minuit, en regardant la télévision, Skrapinov entendit des extraits de son allocution, et vit un gros plan de Jardin – l'homme qui, selon l'annonceur, « venait d'être cité en l'espace de deux jours tant par le Président des États-Unis que par l'Ambassadeur de l'URSS aux Nations Unies. »

Sur la page de garde de l'œuvre de Krylov, l'Ambassadeur avait écrit : « *On pourrait rendre cette fable encore plus claire, mais ne provoquons pas les oies.* » *(Krylov) – À Mr Chauncey Jardin, avec mon admiration et dans l'espoir de prochaines rencontres. Cordialement, Skrapinov.*

***

Chance et EE se rendirent directement chez des amis en quittant la réception des Nations Unies. Ils se retrouvèrent dans une pièce dont le plafond atteignait au moins trois étages. Située à mi-hauteur de la paroi, la balustrade lourdement sculptée de la galerie courait le long du mur. La pièce regorgeait de sculptures, de vitrines renfermant des objets brillants ; le lustre, suspendu à une corde dorée, ressemblait à un arbre dont les fleurs auraient été remplacées par des bougies rutilantes.

Des groupes d'invités étaient éparpillés çà et là ; les serveurs allaient de l'un à l'autre avec des plateaux chargés de verres. L'hôtesse, une grosse femme en robe verte décorée de bijoux étincelant sur un décolleté profond, s'avança vers eux, les bras tendus. Les deux femmes s'enlacèrent et s'embrassèrent sur la joue ; puis EE présenta Chance. La femme tendit la main et retint un instant celle de Chance.

« Enfin ! Enfin ! s'exclama-t-elle joyeusement. Le célèbre Chauncey Jardin ! EE m'a dit que vous teniez plus que tout à préserver votre intimité. »

Elle s'interrompit comme si une pensée plus profonde lui traversait l'esprit, puis elle rejeta un peu le buste en arrière et l'examina de la tête aux pieds.

« Mais maintenant, voyant le beau garçon que vous êtes, je soupçonne que c'est EE qui tient par-dessus tout à préserver son intimité… avec vous !

— Sophie, ma chère, plaida EE, timidement.

— Je sais, je sais. Vous voilà tout à coup gênée ? Il n'y a aucun mal à protéger son intimité, ma chère EE. »

Elle rit et, la main sur le bras de Chance, continua gaiement :

« Je vous en prie, pardonnez-moi, Mr Jardin. EE et moi plaisantons toujours ainsi quand nous sommes ensemble. Vous êtes encore mieux que sur vos photos, et je dois avouer que je suis d'accord avec Women's Wear Daily – vous êtes assurément l'un des hommes d'affaires les mieux habillés d'aujourd'hui. Évidemment, avec votre taille, vos larges épaules, et vos hanches étroites, et vos longues jambes…

— Sophie, je vous en prie… intervint EE en rougissant

— Je ne dirai plus rien, c'est promis. Suivez-moi tous les deux. Je vais vous présenter à quelques personnes intéressantes. Tout le monde est tellement impatient de parler à Mr Jardin. »

Chance fut présenté à un certain nombre d'invités. Il serra des mains, rencontra le regard curieux de femmes et d'hommes et, saisissant à peine leurs noms, donna le sien.

Un petit homme chauve parvint à l'acculer contre un meuble imposant aux arêtes saillantes.

« Ronald Stiegler, des éditions Eidolon. Enchanté de vous rencontrer, Monsieur. »

L'homme tendit la main.

« Nous avons regardé votre passage à la télévision avec le plus vif intérêt, ajouta Stiegler, et à l'instant, en venant ici en voiture, j'ai entendu à la radio que l'Ambassadeur soviétique a mentionné votre nom à Philadelphie...

— À la radio ? Vous n'avez pas la télévision dans votre voiture ? » demanda Chance.

Stiegler affecta de rire.

« J'ai à peine le temps d'écouter la radio. Avec la circulation tellement dense, il faut continuellement faire attention à tout. »

Il arrêta un serveur et lui demanda un martini vodka avec des glaçons et un zeste d'orange.

« Nous nous sommes demandé, mes collaborateurs et moi, dit-il en s'appuyant au mur, si vous n'envisageriez pas d'écrire un livre pour nous. Quelque chose sur votre sujet favori. Il est clair que le point de vue de la Maison-Blanche diffère du point de vue de l'intellectuel ou du travailleur manuel. Qu'en dites-vous ? »

Il vida son verre en quelques gorgées et, quand un serveur passa, chargé d'un plateau, il attrapa un autre martini vodka.

« Un verre ? proposa-t-il à Chance en souriant.

— Non merci. Je ne bois pas.

— Monsieur, je pense qu'il ne serait que légitime et certainement utile pour le pays si votre philosophie était diffusée plus largement. Les éditions Eidolon seraient très heureuses de vous rendre ce service. D'ores et déjà, je crois pouvoir vous promettre une avance sur droits d'auteur très substantielle qui atteindrait les six chiffres, des pourcentages appréciables sur les ventes et un engagement de réimpression. Le contrat pourrait être établi dans un jour ou deux et vous nous remettriez l'ouvrage dans disons un an ou deux.

— Je ne sais pas écrire », dit Chance.

Stiegler esquissa un sourire de mépris.

« Quoi de plus naturel ! Mais qui sait écrire de nos jours ? Ça ne pose aucun problème. Nous pouvons vous procurer les meilleurs rédacteurs et des assistants pour vous aider dans les recherches. Je ne suis même pas capable d'écrire une carte postale à mes enfants… Et après ?

— Je ne sais même pas lire, dit Chance.

— Bien sûr que non ! s'exclama Stiegler. Qui en a le temps ? On jette un coup d'œil, on parle, on écoute, on observe. Mr Jardin, j'avoue qu'en tant qu'éditeur, je devrais être le dernier à vous parler ainsi… Mais l'édition n'est plus un jardin de roses de nos jours.

— Quel genre de jardin était-ce ? demanda Chance avec intérêt.

— Ma foi… quoi qu'il ait été, il ne l'est plus. Bien sûr, nous continuons à grandir, à nous étendre, mais on publie trop de livres. Et avec la récession, la stagnation, le chômage… Enfin, comme vous le savez probablement, les livres ne se vendent plus. Mais, comme je dis, pour un arbre de votre taille, on trouve toujours un lopin de terre suffisamment grand. Oui, je vois très bien un Chauncey Jardin fleurir dans les éditions Eidolon ! Je vais vous adresser une petite note en brossant les grandes lignes de notre projet et… nos prévisions en chiffres. Habitez-vous toujours chez les Rand ?

— Oui. »

On annonça le dîner. Les invités prirent place autour de plusieurs petites tables disposées de manière symétrique dans toute la salle à manger. Il y avait dix convives à la table de Chance. Il était placé entre deux femmes. La conversation très vite évolua vers la politique. Assis en face de Chance, un homme âgé s'adressa à lui. Chance se raidit, mal à l'aise.

« Mr Jardin, quand le gouvernement va-t-il cesser de qualifier les produits dérivés de poison ? J'ai accepté l'interdiction du D.D.T. parce que le D.D.T. est un poison et que trouver de nouveaux produits chimiques ne pose aucun problème. Mais c'est diablement différent quand il s'agit d'interdire la production des carburants, par exemple, sous prétexte que nous n'aimons pas les produits qui découlent de la décomposition du kérosène ! »

Chance dévisagea silencieusement le vieil homme.

« Bon Dieu, je prétends qu'il y a une différence monstre entre les cendres du pétrole et la poudre insecticide ! N'importe quel imbécile le comprendrait !

— J'ai vu des cendres et j'ai vu de la poudre, dit Chance. Je sais que les deux sont mauvaises pour la croissance dans les jardins.

— Bravo ! Bravo ! » s'écria la femme assise à la droite de Chance. « Il est merveilleux », chuchota-t-elle à son compagnon à droite, dans une voix suffisamment forte pour que tout le monde l'entende. Aux autres, elle dit :

« Mr Jardin a une faculté étonnante de ramener les sujets les plus complexes à leur plus simple vérité humaine. Mais en les amenant à leur simple expression, dans nos propres maisons, il me fait entrevoir les priorités et l'importance qui sont accordées à cette question par des personnalités en vue, telles que lui-même, y compris notre Président qui le cite si souvent. »

Plusieurs convives esquissèrent un sourire. Un homme distingué, portant pince-nez, s'adressa à Chance.

« D'accord, Mr Jardin, dit-il, le discours du Président était rassurant. Cependant, il faut tenir compte des faits : le chômage prend des proportions catastrophiques, sans précédent dans notre pays ; la Bourse continue à baisser et les cotes s'approchent de celles de 1929 ; certaines des firmes les plus importantes et les plus dignes de confiance dans notre pays se sont effondrées. Dites-moi, Monsieur, franchement, croyez-vous que le Président sera capable d'enrayer cette tendance à la baisse ?

— Mr Rand pense que le Président sait ce qu'il fait, répondit lentement Chance. Ils ont parlé ; j'étais là, et c'est ce que Mr Rand a dit après le départ du Président.

— Et la guerre ? demanda la jeune femme assise à la gauche de Chance en se penchant vers lui.

— La guerre ? Quelle guerre ? demanda Chance. J'ai vu beaucoup de guerres à la télé.

— Hélas, ajouta la femme. Dans ce pays, quand nous rêvons de réalité, la télévision nous réveille. Pour des millions d'individus, je suppose que la guerre n'est jamais qu'un programme de télévision. Mais là-bas, au front, de vrais hommes donnent leur vie. »

***

Pendant que Chance buvait son café à petites gorgées dans l'un des salons contigus, l'un des invités l'aborda discrètement. L'homme se présenta et s'assit à côté de Chance sans cesser de le dévisager avec une attention soutenue. Il était plus âgé que Chance. Il ressemblait à certains hommes qui passaient souvent à la télé. Ses longs cheveux gris et soyeux, coiffés raides en arrière, lui découvraient le front et tombaient bas sur la nuque. Ses yeux grands et expressifs étaient ombragés par des cils étonnamment longs. Il parlait doucement et, de temps à autre, laissait entendre un rire bref, incisif. Chance ne comprenait pas ce qu'il disait ni pourquoi il riait. Chaque fois qu'il avait le sentiment que l'homme attendait une réponse, Chance disait « oui ». Le plus souvent, il se contentait de sourire et de hocher la tête. Soudain, l'homme se pencha et chuchota une question qui exigeait une réponse claire. Cependant, comme Chance n'était pas sûr de la question, il resta silencieux. L'homme répéta sa question. À nouveau Chance demeura silencieux. L'homme se rapprocha encore plus près de lui et le regarda avec dureté ; apparemment, il surprit quelque chose dans l'expression de Chance qui le poussa à demander d'une voix froide, monocorde :

« Voulez-vous le faire maintenant ? Nous pouvons monter à l'étage et le faire. »

Chance ne savait pas ce que l'homme attendait de lui. Qu'arriverait-il s'il lui demandait de faire quelque chose dont il était incapable ? Finalement, il dit :

« J'aimerais regarder.

— Regarder ? Vous voulez dire me regarder ? Pendant que… tout seul… ? »

L'homme ne cherchait pas à cacher sa surprise.

« Oui, dit Chance. J'aime beaucoup regarder. »

L'homme détourna les yeux puis, de nouveau, fixa Chance.

« Si c'est ce que vous voulez, alors je le veux aussi », déclara-t-il avec panache.

Dès que les liqueurs furent servies, l'homme dévisagea Chance avec insistance et lui glissa la main sous le bras avec une certaine impatience. Il l'attira à lui avec fougue d'une simple pression de son avant-bras dont la puissance était inattendue.

« C'est le moment, chuchota-t-il. Montons. »

Chance se demandait s'il ne devait pas informer EE de l'endroit où il se rendait.

« Il faut que j'en parle à EE », dit-il.

L'homme le considéra d'un air abasourdi.

« En parler à EE ? »

Il s'interrompit.

« Je vois. Bien, parlez-lui plus tard, ça reviendra au même.

— Pas maintenant ?

— Je vous en prie, allons-y, dit l'homme. Elle ne se rendra pas compte de votre absence au milieu de cette foule. Nous allons marcher comme si de rien n'était jusqu'à l'ascenseur du fond et monter directement. Venez avec moi. »

Ils avancèrent à travers les pièces envahies d'invités. Chance jeta un coup d'œil autour de lui, mais il ne vit nulle part EE.

La cabine de l'ascenseur était étroite, ses parois recouvertes d'un tissu pourpre délicat. L'homme était debout à côté de Chance. Soudain, d'un geste, il introduisit sa main vers la braguette de Chance. Chance ne savait que faire. Le visage de l'homme était amical, et on pouvait y lire une lueur d'excitation. Sa main continuait à explorer son pantalon. Chance pensa que le mieux était de ne rien faire.

L'ascenseur s'arrêta. L'homme sortit le premier et prit Chance par le bras. Tout était silencieux. Ils pénétrèrent dans une chambre à coucher. L'homme invita Chance à s'asseoir. Il ouvrit un petit bar dissimulé dans la paroi et lui proposa un verre. Chance, craignant de s'évanouir, comme il l'avait fait dans la voiture avec EE, préféra refuser ; il refusa aussi de fumer la pipe à l'odeur étrange que l'homme lui offrait. L'homme se versa un grand verre d'alcool qu'il vida presque d'un trait. Puis, il s'approcha de Chance, l'étreignit, pressant ses cuisses aux siennes. Chance demeura immobile. Maintenant, l'homme lui embrassait le cou et les joues, puis il lui reniflait les cheveux, les ébouriffait. Chance se demanda ce qu'il avait dit ou fait pour inspirer une telle affection. Il fit de grands efforts pour se souvenir de quelque chose de semblable qu'il aurait vu à la télé avant que lui vienne la scène d'un film où un homme embrassait un autre homme. Toutefois, la suite n'avait pas été montrée, donc c'était flou pour lui. Il resta immobile.

Manifestement, l'homme ne s'en formalisait pas ; ses yeux étaient fermés, ses lèvres entrouvertes. Il glissa les mains sous la veste de Chance, fouillant avec insistance ; puis, il recula, regarda Chance et en se hâtant, entreprit de se dévêtir. Il enleva prestement ses chaussures et, nu, s'étendit sur le lit. Il eut un geste en direction de Chance ; Chance se tint debout, à côté du lit, baissant les yeux sur la forme couchée. À sa grande surprise, il vit l'homme saisir d'une main sa propre chair et tout en faisant cela, se mettre à gémir, à trembler et à se trémousser.

L'homme devait vraisemblablement se sentir mal. Chance avait souvent vu des gens avoir des attaques à la télé. Il se pencha et, soudain, l'homme l'empoigna. Chance perdit l'équilibre et faillit tomber sur le corps nu. L'homme lui agrippa la jambe et, sans un mot, leva et pressa la semelle de la chaussure contre son organe durci.

Lorsqu'il vit sous le bord de sa chaussure cette extension grandir et durcir, la façon dont elle pointait du bas-ventre de l'homme, Chance se rappela les photographies que lui avait montrées le travailleur dans le jardin du Vieil Homme. Il se sentait mal à l'aise. Cependant, il prêta son pied à la chair de l'homme, épia son corps qui tremblait et ses jambes nues qui s'étiraient à l'extrême ; il entendit les cris qui semblaient sourdre d'une profonde souffrance. Et l'homme pressa encore plus fortement la chaussure de Chance contre sa chair. De sous la semelle, jaillit en courtes giclées une substance blanchâtre. L'homme blêmit ; sa tête roula d'un côté à l'autre. L'homme fut pris d'une dernière convulsion, puis les tremblements et les frissons se calmèrent. Les muscles tendus sous la chaussure de Chance se relâchèrent et s'affaissèrent comme s'ils avaient été soudain débranchés d'une source d'énergie. Il ferma les yeux. Chance récupéra son pied et s'en alla tranquillement.

Il retrouva son chemin jusqu'à l'ascenseur et, au rez-de-chaussée, suivit un long couloir, guidé par le bruit des voix. Bientôt, il fut de retour parmi les invités. Il cherchait EE quand quelqu'un lui tapa sur l'épaule. C'était elle.

« J'avais peur que tu te sois ennuyé et que tu te sois enfui, ou que quelqu'un t'ait enlevé, dit-elle. Il y a ici bon nombre de femmes qui ne demanderaient qu'à rentrer avec toi. »

Chance ne comprenait pas où ses femmes voulaient rentrer. Après avoir gardé le silence, il se décida à avouer :

« Je n'étais pas avec une femme. J'étais avec un homme. Nous sommes montés à l'étage, mais il s'est senti mal et je suis redescendu.

— À l'étage ? Chauncey, tu ne peux pas t'empêcher de te laisser entraîner dans des discussions. Je voudrais beaucoup que tu te détendes et que tu apprécies cette soirée.

— Il s'est senti mal, dit Chance. Je suis resté un moment avec lui.

— Peu d'hommes ont la chance d'avoir ta santé. Ils ne peuvent supporter tout cet alcool et ces bavardages, dit EE. Tu es un ange, mon cher. Grâce à Dieu, il existe encore des hommes comme toi pour secourir leur prochain. »

***

En revenant de la réception. Chance se coucha et regarda la télé. La chambre était dans l'obscurité ; l'écran projetait une lueur incertaine sur les murs. Chance entendit la porte s'ouvrir. EE entra en robe de chambre, et s'approcha du lit.

« Je ne pouvais pas dormir, Chauncey », dit-elle en lui frôlant l'épaule.

Chance voulut éteindre la télé et allumer la lampe.

« Non, s'il te plait, murmura-t-elle. Restons ainsi. »

Elle s'assit sur le lit, près de lui, et mit les bras autour de ses genoux.

« Il fallait que je te voie. Je sais... Je sais, chuchota-t-elle de manière saccadée... que tu ne m'en veux pas d'être venue ici... dans ta chambre sur ton lit. Tu ne m'en veux pas, n'est-ce pas ?

— Non », dit Chance.

Délicatement, elle se rapprocha ; ses cheveux lui effleurèrent le visage. L'instant d'après, elle avait quitté sa robe de chambre et s'était glissée sous les couvertures.

Elle se serra contre son corps, et il sentit sa main se déplacer sur sa poitrine et ses hanches nues ; elle caressait, pétrissait, descendait de plus en plus bas ; il sentait ses doigts écraser fiévreusement sa peau. Il tendit la main et la laissa glisser sur son cou, sa poitrine, et son ventre. Il la sentit frissonner ; il sentit que ses jambes s'écartaient. Il ne savait plus quoi faire. Il retira sa main. Elle continua à trembler, à frissonner, pressant la tête de l'homme, son visage, contre sa chair moite, comme si elle souhaitait qu'il la dévore. Elle poussa des cris indistincts, émit des sons étranglés, parla en phrases à peine ébauchées, incohérentes, avec des bruits qui ressemblaient à des halètements d'animal. Sans cesser de lui couvrir le corps de baisers, elle se mit à gémir et à rire tout à la fois ; sa langue léchant sa chair flasque, sa tête dodelinant, ses jambes se trémoussant. Elle se mit à frissonner, et il sentit ses hanches mouillées.

Il aurait aimé lui dire combien il préférait la regarder, que c'était seulement en la regardant qu'il pourrait fixer dans sa mémoire comment la prendre et la posséder. Il ne savait pas comment lui expliquer qu'il était capable de la toucher mieux et de manière plus complète avec ses yeux qu'avec ses mains. Regarder lui donnait le pouvoir de tout toucher en même temps, alors que les mains n'atteignaient qu'un seul point à la fois. EE ne devrait pas plus désirer être touchée par lui que ne le désirait un écran de télévision.

Chance ne bougea plus, ne combattit plus non plus. Brusquement, EE devint inerte et laissa sa tête retomber sur sa poitrine.

« Tu ne veux pas de moi, dit-elle. Tu n'éprouves rien pour moi. Rien du tout. »

Avec douceur. Chance la repoussa et s'assit lourdement sur le bord du lit.

« J'ai compris ! s'écria-t-elle. J'ai compris ! Je ne t'excite pas ! »

Chance ne comprenait pas ce qu'elle voulait dire.

« C'est bien cela, n'est-ce pas, Chauncey ? »

Il se tourna, la dévisagea.

« J'aime te regarder », dit-il.

Elle le regarda.

« Me regarder ?

— Oui. J'aime regarder. »

Elle se redressa, pantelante, essayant de reprendre son souffle.

« … Est-ce que c'est… C'est tout ce que tu veux, me regarder ?

— Oui. J'aime te regarder.

— Mais ça ne t'excite pas ? »

Elle approcha sa main, se saisit de son bout de chair et la tint enfermée dans sa paume. À son tour, Chance la toucha ; ses doigts remuèrent en elle. De nouveau, elle sursauta, tourna la tête vers lui et, dans une tentative passionnée, elle attrapa sa chair flasque dans sa bouche, elle la suça, la lécha de sa langue, la mordilla de ses dents, cherchant désespérément à lui insuffler vie. Chance attendit patiemment qu'elle eût fini.

Elle pleura amèrement.

« Tu ne m'aimes pas, cria-t-elle. Tu ne supportes pas que je te touche.

— J'aime te regarder, dit Chance.

— Je ne comprends pas ce que tu dis, se lamenta-t-elle. Quoi que je fasse, je ne parviens pas à te faire jouir. Et tu continues à dire que tu aimes me regarder… me regarder ! Tu veux dire… quand… quand je suis seule… ?

— Oui, j'aime te regarder. »

Dans la lueur bleutée reflétée par la télévision, EE le regarda, le regard voilé.

« Tu veux que je jouisse pendant que tu me regardes ? »

Chance ne répondit pas.

« Si je me caressais toute seule, ça t'exciterait et, après, tu me ferais l'amour ? »

Chance ne comprit pas.

« J'aimerais te regarder, répéta-t-il.

— Je crois que je comprends maintenant. Elle se leva et se mit à marcher rapidement de long en large, passant et repassant devant l'écran de la télévision ; de temps à autre, un mot s'échappait de ses lèvres, un mot à peine plus fort que son souffle. »

Elle revint vers le lit. Elle s'étendit sur le dos et laissa ses doigts jouer sur tout son corps ; langoureusement, elle écarta largement les jambes et ses mains avancèrent telles des grenouilles sur son ventre. Son corps ondula, se tordit dans tous les sens, comme s'il avait été aiguillonné par des herbes piquantes. Ses mains caressèrent ses seins, ses fesses, ses cuisses. D'un mouvement rapide, ses jambes et ses bras s'enroulèrent autour de Chance telle une araignée tissant des fils. De violentes convulsions l'agitèrent ; puis elle fut parcourue de frissons plus espacés. Enfin, elle ne bougea plus ; elle semblait presque assoupie.

Chance ramena la couverture sur elle. Puis, il changea de chaîne à plusieurs reprises, tout en maintenant le volume du son bas. Ils se reposaient tous les deux dans le lit et lui regardait la télévision, sans oser bouger.

Un moment plus tard, EE lui dit :

« Je me sens tellement libre avec toi. Avant que tu n'entres dans ma vie, tous les hommes que j'ai rencontrés ont à peine pris la peine de me connaître. J'étais le récipient qu'ils pouvaient exposer, pénétrer, souiller. Je n'étais qu'un moyen pour faire l'amour. Tu comprends ce que je veux dire ? »

Chance la regarda, mais se tut.

« Mon chéri… tu dénoues tous mes instincts : le désir jaillit en moi et, quand tu me regardes, tu me fais fondre. Tu me rends libre. Mon moi se révèle à moi, je me sens pleine et purifiée. »

Il gardait le silence.

EE s'étira et sourit.

« Chauncey, mon très cher… J'avais l'intention de te dire quelque chose : Ben désire que tu prennes l'avion avec moi demain pour Washington et que tu m'accompagnes au bal du Capitole. Je dois m'y rendre. Je suis la présidente du Comité pour la recherche de fonds. Tu viendras avec moi, n'est-ce pas ?

— Je serais content d'y aller avec toi », répondit Chance.

Elle se pelotonna contre lui et somnola de nouveau. Chance regarda la télévision jusqu'à ce que, lui aussi, s'endorme.

VI

Mrs Aubrey appela Chance dans le courant de la matinée.

« Monsieur, je viens de parcourir les journaux du matin. Vous êtes dans tous les journaux et les photos sont formidables ! Il y en a une de vous avec l'Ambassadeur Skrapinov… une autre avec le Secrétaire Général… Une autre encore avec… avec un certain comte allemand. Le *Daily News* a une pleine page photo de vous avec Mrs Rand. Même *Village Voice…*

— Je ne lis pas les journaux, dit Chance.

— De toute manière, la plupart des principales chaînes de télévision vous invitent en exclusivité pour leurs émissions. De même, *Fortune*, *Newsweek*, *Life*, *Look*, *Vogue*, *House & Garden* veulent faire des articles sur vous. L'*Irish Times* a téléphoné, ainsi que le *Spectator*, le *Sunday Telegraph*, et le *Guardian* –, ils veulent une conférence de presse. Un certain Lord Beauclerk m'a priée de vous informer que la B.B.C. est prête à affréter un avion pour Londres afin que vous participiez à une émission spéciale télévisée ; il espère que vous accepterez d'être son invité ; il met sa demeure à votre disposition. Les correspondants à New York de *Jours de France, Der Spiegel, L'Osservatore Romano, La Frauda, Neue Zürcher Zeitung* ont appelé pour prendre rendez-vous. Le comte Brockburg-Schulendorff vient de téléphoner pour annoncer qu'en Allemagne Fédérale, le Stem vous consacrera sa couverture ; Stem voudrait acquérir les droits mondiaux de vos commentaires télévisés et il attend vos conditions. En France, *L'Express* souhaiterait que vous participiez à la table ronde qu'il organise pour discuter du défi de la récession américaine. Tous vos frais de voyage sont à sa charge. M. Gaufridi a appelé deux fois pour vous offrir l'hospitalité pendant votre séjour en France. Les directeurs de la Bourse de Tokyo voudraient que vous examiniez le nouvel ordinateur japonais, récupérateur de données...

— Je ne veux pas rencontrer tous ces gens, interrompit Chance.

— Je comprends, Monsieur. Encore deux points à régler : Le *Wall Street Journal* a annoncé l'imminence de votre nomination au conseil d'administration de la First American Financial Corporation, et il voudrait une déclaration de votre part. À mon avis, Monsieur, si dès maintenant, vous consentiez à leur donner vos prévisions, cela pourrait aider leurs actions de manière considérable...

— Je ne peux rien leur donner.

— Très bien, Monsieur. Une chose encore. Les administrateurs de l'Eastshore University souhaiteraient vous conférer le titre de docteur honoris causa en droit lors de leur session d'ouverture mais, au préalable, ils désirent s'assurer que vous acceptez leur proposition.

— Je n'ai pas besoin de docteur, dit Chance.

— Voulez-vous parler aux administrateurs ?
— Non.
— Bien. Et en ce qui concerne les journaux ?
— Je n'aime pas les journaux.
— Désirez-vous voir les correspondants étrangers ?
— Je les vois suffisamment à la télévision.
— Très bien. Monsieur. Oh ! J'oubliais, Mrs Rand m'a demandé de vous rappeler que l'avion des Rand décollera pour Washington à quatre heures. Et elle tient à vous faire savoir que, là-bas, vous résiderez chez votre hôtesse. »

***

Karpatov, le chef de la Section Spéciale, arriva le vendredi pour s'entretenir avec l'Ambassadeur Skrapinov. Il fut immédiatement introduit dans le bureau de l'Ambassadeur.

« Le dossier Jardin ne contient aucun renseignement supplémentaire, dit-il en posant un mince dossier sur le bureau de l'Ambassadeur. »

Skrapinov écarta le dossier.

« Où est le reste ? demanda-t-il d'un ton tranchant.

— Il n'existe absolument aucune information à son sujet nulle part, Camarade Skrapinov.

— Karpatov, je veux les faits. »

Karpatov dit avec hésitation :

« Camarade Ambassadeur, j'ai été en mesure de constater que la Maison-Blanche s'efforce de découvrir tout ce que nous savons sur Jardin. Cela indiquerait que Jardin a une importance politique de la première importance. »

Skrapinov lui décocha un regard furieux, puis il se leva et se mit à marcher de long en large derrière son bureau.

« J'exige de votre section, dit-il, une seule et unique chose ! Les faits concernant Jardin. »

Karpatov se tenait droit, l'air morose.

« Camarade Ambassadeur, répondit-il, il est de mon devoir de vous informer que nous avons été incapables de découvrir le moindre début de renseignement sur lui. C'est comme s'il n'avait jamais existé auparavant, impensable ! »

La main de l'Ambassadeur s'abattit sur son bureau et une petite statuette roula à terre. Karpatov, en tremblant, se baissa, la ramassa avant de la reposer avec précaution sur la table.

« N'allez pas croire que je vous laisserai me débiter de pareilles inepties ! prononça l'Ambassadeur d'une voix sifflante. Je ne l'admettrai pas ! "Comme s'il n'avait jamais existé auparavant !" Vous rendez-vous compte que Jardin est l'une des personnalités les plus en vue de ce pays ? Et ce pays n'est pas la Géorgie soviétique, mais les États-Unis d'Amérique, le plus grand État impérialiste du monde ! Ce sont des hommes tels que Jardin qui, chaque jour, décident du sort de millions d'individus ! "Comme s'il n'avait jamais existé auparavant !" Êtes-vous fou ? Vous rendez-vous compte que j'ai mentionné cet homme dans mon discours ? »

Il s'interrompit et se pencha vers Karpatov.

« Contrairement aux membres de votre Section, je ne crois pas aux "âmes mortes" du vingtième siècle, pas plus qu'aux habitants des autres planètes descendus nous hanter, comme ils le font dans certains programmes à la télévision américaine. J'exige instamment que toutes les informations possibles concernant Chauncey Jardin me soient remises personnellement dans les quatre heures ! »

Karpatov quitta la pièce la tête dans les épaules.

***

Une fois le délai de quatre heures écoulé, Skrapinov, n'ayant reçu aucune nouvelle de Karpatov, décida de lui donner une leçon. Il convoqua dans son bureau Sulkin, un soi-disant fonctionnaire mineur à la Mission, mais en réalité l'un des personnages les plus importants des Affaires étrangères.

Skrapinov se plaignit amèrement de l'incompétence de Karpatov ; il souligna la nécessité absolue d'obtenir de toute urgence des renseignements et demanda à Sulkin de lui brosser un tableau fidèle du passé de Jardin.

Après le déjeuner, Sulkin organisa une entrevue en privé avec Skrapinov. Les deux hommes se rendirent dans une pièce de la Mission, connue sous le nom de « la Cave », spécialement protégée contre les dispositifs d'écoute. Sulkin ouvrit sa serviette et, avec solennité, sortit une chemise noire dont il exhiba une feuille unique de papier vierge. Skrapinov attendait la suite.

« Ceci, mon cher camarade, est l'image exacte du passé de Jardin », grogna Sulkin.

Skrapinov jeta un coup d'œil à la feuille et, constatant qu'elle était blanche, la laissa tomber. Il lança un regard furieux à Sulkin et déclara :

« Je ne comprends pas, camarade Sulkin. Cette feuille est vierge. Cela signifierait-il que je ne suis pas suffisamment fiable pour qu'on me confie les renseignements sur Jardin ? »

Sulkin s'assit, alluma une cigarette et secoua lentement l'allumette.

« Mon cher camarade Ambassadeur, nos recherches sur les antécédents de Mr Jardin se sont révélées une tâche si ardue pour les agents de la Section Spéciale, qu'elles ont déjà eu pour résultat l'élimination de l'un d'eux, sans qu'ils aient été en mesure de découvrir le plus infime détail sur le passé de Jardin ! »

Sulkin s'interrompit pour tirer une bouffée de sa cigarette.

« D'avoir transmis à Moscou un enregistrement du passage de Jardin à l'émission THIS EVENING a été une bienheureuse initiative ! Il vous intéressera sans doute de savoir que cet enregistrement a été immédiatement soumis à un examen psychiatrique, neurologique et linguistique. À l'aide de nos derniers modèles d'ordinateurs, nos équipes ont analysé le vocabulaire, la syntaxe, l'accent, les gestes, les expressions faciales et autres caractéristiques de Jardin. Les résultats, mon cher Skrapinov, ne manqueront pas de vous étonner. Il a été impossible de déterminer d'une façon quelconque son appartenance ethnique ou d'attribuer son accent à une communauté particulière de tous les États-Unis. »

Skrapinov dévisageait Sulkin, ébahi. Sulkin reprit, avec un léger sourire :

« Par ailleurs, il vous intéressera peut-être d'apprendre que, sur le plan émotionnel, Jardin semble être l'une des personnalités américaines les plus équilibrées qui soient apparues au cours de ces dernières années. Cependant, continua Sulkin, votre Mr Chauncey Jardin demeure à tous égards… »

Il exhiba la feuille de papier en la tenant par un coin.

« Une feuille blanche.

— Une feuille blanche ?

— Une feuille blanche, répéta Sulkin. Précisément. Le nom de code de Jardin. »

Avec précipitation, Skrapinov se jeta sur un verre d'eau et le vida d'un trait.

« Excusez-moi, camarade, dit-il. Mais jeudi soir, quand j'ai pris sur moi de faire allusion à Jardin dans mon discours de Philadelphie, il semblait tout naturellement que nous avions affaire à un membre reconnu de l'élite de Wall Street. Après tout, il a été mentionné par le Président des États-Unis, mais si, comme il semble… »

Sulkin leva la main.

« Il semble… ? Quelles raisons avez-vous de supposer que Chauncey Jardin n'est pas réellement l'homme que vous venez de décrire ? »

Skrapinov bredouilla avec difficulté :

« Feuille blanche… absence de tous renseignements… »

De nouveau, Sulkin l'interrompit :

« Camarade Ambassadeur, en fait, je suis ici pour vous féliciter de votre perspicacité. Il faut que je vous dise, que nous avons acquis la ferme conviction que Jardin est, en réalité, un membre éminent d'une faction élitiste américaine qui, depuis plusieurs années, prépare un coup d'État. Il doit être d'une telle importance pour ce groupe que celui-ci a réussi à faire disparaître les moindres détails de son identité jusqu'à son émergence sur la scène publique mardi après-midi.

— Vous avez bien dit : "coup d'État" ? demanda Skrapinov.

— Oui, répliqua Sulkin. Douteriez-vous de cette éventualité ?

— Ma foi… non. Certainement pas. Lénine lui-même en a bien fomenté un.

— Bien, très bien, approuva Sulkin en faisant claquer la serrure de sa serviette. Il semble que votre intuition se soit révélée bien fondée. »

Votre décision de miser sur Jardin était justifiée. Vous avez un instinct sûr, camarade Skrapinov… un véritable instinct marxiste !

Il se leva pour partir.

« Vous recevrez d'ici peu des instructions spéciales sur l'attitude à adopter envers Jardin. »

***

Après le départ de Sulkin, Skrapinov pensa : C'est incroyable ! Des millions de roubles sont dépensés chaque année pour d'astucieuses inventions japonaises, pour entraîner des super-espions et les masquer pendant des années, pour des satellites de reconnaissance, des ambassades trop bien représentées, des missions commerciales, des échanges culturels, des pots-de-vin, des cadeaux… et, en fin de compte, tout ce qui importe est d'avoir un bon instinct marxiste ! Il pensa à Jardin et lui envia sa jeunesse, son calme, son avenir de leader. Feuille blanche! Feuille blanche! Le nom de code lui rappela des souvenirs de la Seconde Guerre mondiale, les partisans qu'il avait conduits à de si nombreuses victoires. Peut-être s'était-il fourvoyé en embrassant la carrière diplomatique; peut-être l'armée lui eût-elle mieux convenu... Mais il était vieux.

***

Le vendredi après-midi, la secrétaire du Président lui fit un rapport :

« Je suis désolée. Monsieur le Président, mais depuis hier, je n'ai pu trouver que quelques coupures de presse supplémentaires sur Jardin. Il s'agit du discours de l'Ambassadeur d'URSS qui l'a mentionné, et la transcription de l'interview accordée à la presse par Jardin aux Nations Unies. »

Le Président se montra agacé.

« Cela suffit! Avez-vous posé des questions à Benjamin Rand au sujet de Jardin?

— J'ai téléphoné. Monsieur le Président. Malheureusement, Mr Rand a fait une rechute grave et il est sous l'effet de puissants sédatifs. Il n'est pas en état de répondre.

— Alors, vous avez parlé à Mrs Rand?

— Oui, Monsieur. Elle était au chevet de son mari. Elle s'est contentée de me dire que Mr Jardin est très discret sur vie privée, et qu'elle respecte infiniment cet aspect de la personnalité de son invité. Elle dit qu'elle a le sentiment – mais il ne s'agit que d'un simple sentiment de sa part – que Mr Jardin a l'intention de se rendre plus utile maintenant que Mr Rand est cloué au lit. Mais elle ne peut attribuer un quelconque rapport entre Mr Jardin et une entreprise en particulier, ou avec une situation familiale.

— C'est encore plus mince que ce que je peux lire dans le *Times*. Et nos sources d'information ? Avez-vous parlé à Steven ?

— Oui, Monsieur le Président. Il n'a absolument rien trouvé. Il a vérifié par deux fois et aucun de nos services n'a pu l'aider. La photographie et les empreintes digitales de Jardin ont été examinées, bien évidemment, avant votre arrivée chez Rand, et comme il ne possédait aucun dossier sur lui, et qu'il était l'invité de Rand, il semblait ne pas présenter de problème. Vraiment, c'est tout, ce que je puis vous dire.

— Bon, bon. Téléphonez à Grunmann. Faites-lui part de ce que vous savez, ou plutôt de ce que vous ne savez pas, et dites-lui de m'appeler dès qu'il aura quelque chose sur Jardin. »

Grunmann appela peu de temps après.

« Monsieur le Président, nous avons tous ici essayé désespérément. Mais il n'y a absolument rien, absolument rien sur lui. L'homme ne semble pas avoir existé avant de s'être installé chez les Rand, il y a trois jours.

— Cette histoire me préoccupe sérieusement, dit le Président. Je veux que vous essayiez encore. Je veux que vous restiez sur cette affaire, c'est compris ? Et à propos, Walter, il y a bien une émission de télévision où des Américains tout ce qu'il y a de plus ordinaire se révèlent être des envahisseurs venus d'une autre planète ? Eh bien, Walter, je me refuse à croire que j'ai causé avec l'un de ces envahisseurs à New York ! J'attends de vous que vous constituiez un dossier épais sur Jardin ; sinon, je vous préviens que je ferai immédiatement et personnellement ouvrir une enquête sur les responsables présumés d'une violation aussi flagrante de notre sécurité ! »

Grunmann rappela.

« Monsieur le Président, dit-il d'une voix presque inaudible, j'ai bien peur que nos craintes initiales ne soient à présent confirmées. Nous n'avons pas le moindre document faisant état de la naissance de cet homme, de ses parents ou de sa famille. Cependant, nous savons sans l'ombre d'un doute, et je m'en porte garant, qu'il n'a jamais eu d'ennuis sur le plan judiciaire avec un individu, un organisme privé ou fédéral, une société ou une agence d'information quelconque. Il n'a jamais causé le moindre accident ou dommage et – l'accident Rand mis à part – il n'a jamais été impliqué dans une situation similaire. Il n'a jamais été hospitalisé ; il ne possède aucune assurance ; il semblerait d'ailleurs impossible qu'il soit en possession d'un quelconque document personnel et même de papiers d'identité. Il ne conduit pas de voiture ; il ne pilote pas d'avion ; aucun permis d'aucune sorte ne lui a été délivré. Il ne possède ni carte de crédit, ni carnet de chèques, ni carte de visite. Il n'est pas propriétaire de biens immobiliers dans le pays… Monsieur le Président, nous l'avons un peu espionné à New York : il ne parle pas affaires ou politique au téléphone ni à la maison. La seule chose qu'il fait, c'est passer tout son temps devant la télévision ; le poste dans sa chambre, est allumé en permanence, d'où un boucan constant…

— Il… quoi… ? interrompit le Président. Qu'avez-vous dit, Walter ?

— J'ai dit qu'il regardait la télévision – toutes les chaînes, pratiquement tout le temps. Même quand Mrs Rand… est auprès de lui dans sa chambre. Monsieur… »

Le Président l'interrompit d'une voix tranchante :

« Walter, rien ne justifie ce genre d'enquête ! Et, le diable m'emporte, je ne veux rien savoir de ce genre de choses ! Qu'est-ce qu'on s'en fout de ce que Jardin peut bien faire dans sa chambre ?

— Je suis désolé, Monsieur le Président, mais nous nous devions de tout essayer… »

Il se racla la gorge.

« Monsieur, nous avons vraiment commencé à nous inquiéter au sujet de ce Jardin. Nous avons enregistré ses conversations à la réception des Nations Unies, mais il n'a pratiquement rien dit. Franchement, Monsieur, nous avons même pensé qu'il pouvait s'agir de l'agent d'une puissance étrangère. Mais dans la pratique, ces individus possèdent presque toujours une surabondance de documents, de papiers d'identité tous américains ; il n'y a absolument rien de non américain chez eux. Comme le dit souvent notre directeur, c'est un miracle qu'aucun d'eux n'ait jamais été élu à la plus haute fonction du pays… »

Grunmann se ressaisit, mais il était trop tard pour qu'il pût ravaler sa remarque.

« C'est une plaisanterie d'un goût très douteux, Walter, dit le Président d'un ton sec.

— Je suis désolé, Monsieur. Je ne voulais pas… Je vous présente mes excuses…

— Continuez votre rapport.

— Eh bien. Monsieur, nous avons le sentiment que Mr Jardin ne peut être assimilé à l'un de ces espions. Absolument pas et, d'ailleurs, les Soviétiques ont déclenché une enquête pour se renseigner sur son passé. Monsieur le Président, je suis heureux de vous apprendre que ce déploiement sans précédent de la curiosité soviétique n'a rien donné ; non seulement ils ont été incapables de découvrir autre chose que – et je ne plaisante pas, Monsieur le Président – des coupures de notre presse, mais le résultat de leur zèle a grillé l'un de leurs agents les plus habiles et il nous est maintenant connu. De plus, huit autres puissances étrangères ont placé Jardin en tête des priorités de leurs services d'espionnage. Tout ce que je puis vous assurer, Monsieur le Président, c'est que nous restons sur cette affaire… Nous continuerons à enquêter vingt-quatre heures sur vingt-quatre, Monsieur, et je vous préviendrai dès que nous aurons trouvé quelque chose. »

Le Président monta se reposer dans son appartement. C'est tout simplement incroyable, pensa-t-il, incroyable. Des millions de dollars sont alloués chaque année à chacun de ces services, et ils sont incapables de me fournir le plus minime des faits sur un homme qui vit dans l'une des demeures les plus en vue de la ville de New York comme invité de l'un des plus importants hommes d'affaires du pays. Le Gouvernement Fédéral serait-il phagocyté de l'intérieur ? Par qui ? Il soupira, mit en marche la télévision et sombra dans le sommeil.

VII

L'homme assis sur le divan faisait face au petit groupe réuni dans ses appartements.

« Messieurs, commença-t-il lentement, certains d'entre vous savent déjà que Duncan a décidé de ne pas se représenter avec moi. Nous voilà à présent sans candidat. Mes amis, il nous faudra sous peu annoncer quelqu'un, quelqu'un d'aussi qualifié que Duncan, et je dis cela en dépit des découvertes catastrophiques concernant le passé de Duncan qui viennent malheureusement d'être exposé au grand jour. »

Schneider prit la parole.

« La tâche était difficile, même pour Duncan, remarqua-t-il. Inutile de nous leurrer… Où trouver un candidat dans le temps imparti ? Shellman ne veut pas quitter son entreprise. Je ne pense pas que la candidature de Frank puisse seulement être considérée si l'on prend en compte sa conduite malheureuse comme président de l'Université.

— Et George ? demanda quelqu'un.

— George vient de subir une nouvelle opération – la deuxième en trois mois. Il y a trop de risques de santé. »

Un silence tomba sur la pièce. C'est alors que O'Flaherty prit la parole :

« Je crois que j'ai quelqu'un, dit-il calmement. Que diriez-vous de Chauncey Jardin ? »

Tous les regards convergèrent sur l'homme assis sur le sofa en train de boire son café.

« Jardin ? fit l'homme assis sur le sofa. Chauncey Jardin ? Nous ne savons pas grand-chose sur lui, n'est-ce pas ? Nos enquêteurs n'ont pas été capables de découvrir la moindre chose intéressante à son sujet. Et il n'a pas été très coopératif : il n'a pas donné un seul détail sur sa vie depuis qu'il est chez les Rand.

— Ce qui me permet d'affirmer alors, coupa O'Flaherty, que cela ne fait que renforcer la cote de Jardin.

— Pourquoi ? » demandèrent plusieurs hommes d'une même voix.

O'Flaherty expliqua avec désinvolture :

« Qu'est-ce qui n'allait pas chez Duncan ? Et chez Frank et Shellman, et chez tant d'autres dont nous avons envisagé la candidature et qu'il nous a fallu écarter ? Ce qui n'allait pas, c'est qu'ils avaient tous des passés, trop de passé ! Le passé d'un homme le désavantage ; son passé se transforme en marécage, et incite à un examen critique ! »

Il leva les bras dans son agitation.

« Mais considérez le cas de Jardin. Puis-je me permettre de souligner ce que vous venez d'entendre émanant d'une voix qui fait autorité : Jardin n'a pas de passé ! Il ne peut donc soulever aucune objection de la part de quiconque. Il a un physique agréable, il parle bien et passe bien à la télévision !

Et quant à sa façon de penser, il semble être l'un des nôtres. C'est tout. Cela ne va pas plus loin. Jardin est notre seule chance. »

Schneider écrasa son cigare.

« O'Flaherty vient de mettre le doigt sur quelque chose, dit-il. Quelque chose d'énorme... Humm... Jardin... Jardin... »

Un domestique entra, portant un pot fumant de café frais, et la discussion continua.

***

Chance se fraya un chemin à travers la foule des danseurs pour gagner la sortie. Dans ses yeux s'attardait encore une vague image, un peu floue, de la grande salle de bal, des plateaux de boissons, du buffet, des fleurs multicolores, des bouteilles brillantes, des rangées sans fin de verres scintillants alignés sur la table. Il entraperçut EE au moment où un général, très grand et abondamment décoré, l'enlaçait. Il passa à travers la lueur des flashs comme à travers un nuage. L'image de tout ce qu'il voyait en dehors du jardin s'estompa.

Chance était désorienté. Il vit son reflet dans un miroir et aperçut l'image fanée de Chauncey Jardin : elle était éclatée comme par des coups de bâton sur la surface d'une flaque d'eau de pluie stagnante. Sa propre image avait aussi disparu.

Il traversa le hall. Un air frais pénétrait par une fenêtre ouverte. Chance poussa la lourde porte de verre et sortit dans le jardin. Des branches se dressaient, chargées de nouvelles pousses, des tiges frêles aux minuscules bourgeons pointaient vers le ciel. Le jardin s'étendait, calme, à peine dérangé dans son sommeil. Des traînées de nuages s'étiraient devant la lune et la rendaient plus brillante. De temps à autre, se faisait entendre le bruissement des rameaux qui secouaient légèrement leurs gouttes d'eau. Une brise s'abattit sur le feuillage et se cacha sous ses feuilles humides. Aucune pensée n'arrivait jusqu'au cerveau de Chance. La paix emplissait sa poitrine.

FIN

À découvrir, dans la même collection, aux éditions du typhon :

Collection *Après la tempête*

Mirko Bonné, *Plus jamais nuit* (Allemagne)
John Braine, *Une chambre au soleil* (Angleterre)
Glen James Brown, *Ironopolis* (Angleterre)
Bibiana Candia, *Azucre* (Espagne)
Lili Grün, *Tout est jazz !* (Autriche)
Dola de Jong, *Et ce champ devint le monde entier* (Pays-Bas)
Dola de Jong, *Les désirs flous* (Pays-Bas)
Irmgard Keun, *Une vie étincelante* (Allemagne)
Wolfgang Koeppen, *La mort à Rome* (Allemagne)
Tadeusz Konwicki, *La petite apocalypse* (Pologne)
René Maran, *Un homme pareil aux autres* (France)
André Masson, *Un temps pour mourir* (Île Maurice)
Victor Paskov, *Allemagne, conte obscène* (Bulgarie)
Andreï Siniavski, *André-la-Poisse* (Russie)
Andreï Siniavski, *C'est bien écrit !* (Russie)
John Wain, *Et frappe le père à mort* (Angleterre)
John Wain, *Hurry on down, les vies de Charles Lumley* (Angleterre)
Keith Waterhouse, *Billy le menteur* (Angleterre)
Ernst Wiechert, *Le buffle blanc* (Allemagne)
Ernst Wiechert, *Roman d'un berger* (Allemagne)

Cette impression de *Bienvenue Mister Chance* a été réalisée pendant l'hiver 2024 sur les presses de l'imprimerie Présence Graphique à Monts (France) pour le compte des éditions du typhon.

Numéro d'éditeur : 39.

Les éditions du typhon tiennent à remercier Nicole Chosson pour sa relecture attentive du texte.

Dépôt légal : décembre 2024.

Le dessin ci-dessous a été réalisé par Nicolas Aubert.